吉田家にて

文春文庫

京都暮らしの四季

極楽のあまり風

麻生圭子

文藝春秋

京都暮らしの四季

極楽のあまり風＊目次

春の章

秋の章

カバー・本文イラスト　三好貴子
口絵写真　白澤 正
単行本　二〇〇一年七月　文藝春秋刊

京都暮らしの四季

極楽のあまり風

沓脱《くつぬ》ぎ石のまえで（まえがきにかえて）

蚊帳《かや》を吊りました。ホタルが終わると、蚊の季節です。さっそく刺されて、痛い痒い。うちの蚊は大きくて、元気なんです。絹のうすものなら、その上から針を突き刺してきます。ああ、去年もそうだったなと、蚊とり線香にマッチで火をつけたところです。

季節のそばに越してきて、一年と七カ月が過ぎました。

「変わったことはありますか」

去年はよくそう訊かれました。

たとえば、今日、訊ねられたら、こう、答えると思います。

梅雨が好きになりました。

京都は水の町だといわれます。町家《まちや》もそうです、水が似合います。濡れているときがいちばんきれい、だったら雨もいいかなあ、と思うようになりました。もちろん京都に来てからだって、マンション住みのころは雨なんて嫌いでした、靴が濡れるでしょ。雨具は、ここの暮らしにつろくする（調和する、つりあう）もんをそろえました。蛇の目傘を買ったんです。雨下駄は母のお下がりです。きものもエジプト綿で一枚、拵《こしら》えました。これで、いつでも出かけられます。昨日、道端でナメクジ（だと思います）を見つけたんです。蝸牛《かたつむり》だったらよかったのになあ、と思ったけれど、でも、雨に濡れて、かたわらには、おあつらえむきの紫陽花《あじさい》です、見入ってしまいました。そしたら、かわいいなあ、と。紫陽花も悪くないなあ、と。

「変わったことはありますか」

梅雨の一日をさっと調べたって、ざっとこんなに出てきます。それが春夏秋冬、全部、揃ったなら、これはとても一冊には収められません。ゆっくり時間をかけて、ひとつ、ひとつ、心をよせて選んでいきました。好きなものだけを、四つの部屋に並べる作業は、楽しいものでした。

今回の『京都暮らしの四季』（単行本タイトルは『極楽のあまり風　京町家暮らしの四季』）は、私の京都エッセイの三作目に当たります。一作目が『東京育ちの京都案内』、二作目が『東京育ちの京町家暮らし』（文庫版タイトルは『京都で町家に出会った。』）、これは三作目ですが、私のなかでは、二冊の本を両親として生まれてきた、最初の一冊、長女という感じがしています。ですから、この本からお読みくださる方には、や、不親切なところがあるかもしれません。上、中、下のようなつづきものではありません。ありませんが、話の下敷が、どうしても一作目、二作目にあるんです。そもそも、町家ってなに、走り庭《はしにわ》、通り庭《とおにわ》ってなんですか、という方もおいでになるかもしれませんね。

そうですね。そしたら、お上がりいただくまえに、少しだけご説明させてください。

「町家」というのは、一口でいうなら、町の家です。農家と違って、こちらは商家ということになる。門口《かどぐち》（戸口）が通りに面していて、京格子《きょうごうし》が建て付けてあって、京都なら間口が狭くて奥が深い、うなぎの寝床ということになります。「通り庭」という土間が表から裏まで一本、通ってる、これが特徴です。「走り庭」、走りというのは流しのこと、ですから通り庭のなかでも流しのまえの土間のことをこう呼びます。

町家にもいろいろあります。「表屋《おもてや》造り」というのが、そのなかではいちばん格上なんですが、店と住まいが別の棟になっていて、そのすきまに坪庭《つぼにわ》がとれるんですね。坪庭があるお家というのは、町家のなかでは晴れがましい。これを京町家、というんであって、うちは、隠居屋として建てられた、ただの小さな町家。店の間の代わりに小間の茶室がついているような家です。

それからもうひとつ、サトさんの家というのは、この家のまえに、三カ月ほど借りてた、中京《なかぎょう》の町家です。サトさんという明治の京女が、亡くなるまでひとりで住んでおられた。荷物がそのままだったので、それを片づけるところから、こちらでやらせてもらいました。大家さんのほうに事情があって、修復工事の途中で、あかんことになってしまったんですけどね。

いま、この原稿を書いている文机《ふづくえ》は、そのサトさんのお下がりです。

それと、季節のお部屋は、夏、冬、春、秋の順番になっています。私のご贔屓《ひいき》の順なんです。暮らしやすいのは、その逆かもしれませんけどね。

夏の章

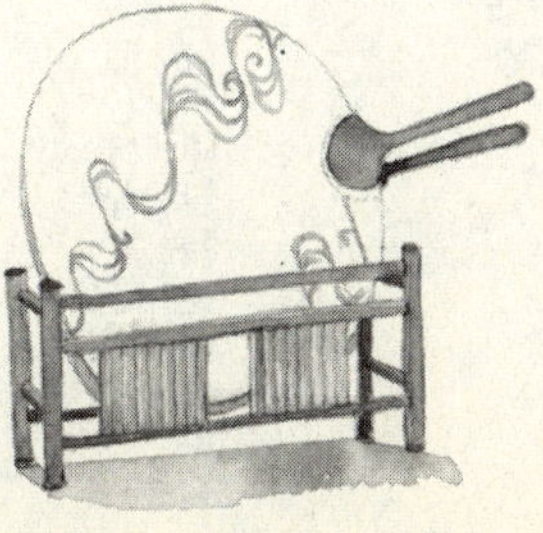

祇園祭と奥座敷

建具替《たてぐが》えがすんだら、祇園さんのお祭りです。

どちらも京都の夏の風物詩。葦戸《よしど》や御簾《みす》、網代《あじろ》、籐筵《とむしろ》……、涼しげな夏建具《なつたてぐ》に、六月になると、町家《まちや》は着替えるのです。もちろん東京にいるころは、建具替えなんてことば、きいたこともありませんでした。ところが、

「京都の町家って、六月になると、家も衣替《ころもが》えをするんだって」

と、母にいったなら、

「あら、おじいちゃんの家でも、ある時期まではしてたでしょう」

といい返され、ああ、だから懐かしい景色なのかと、すとんと胸に落ちるものがありました。京都に来てからは、よくそんなふうに幼いころの記憶に洗いが入ります。埃《ほこり》が払われて、そういえば、と思い出すことは、どれも美しいものばかりです。

こうして東京から移り住んだものにとっては、夏はいちばん京都の人をうらやましい、と感じる季節です。それと同時に不思議にも思う。たとえば、なんで祇園さんのお祭りを、京都の人はこのいちばん暑いときにするんだろう。

このお祭りは、宵山《よいやま》と巡行《じゅんこう》だけではありません。七月のほとんど連日、これにかかわる行事を執り行います。ちなみに明治になるまでは、旧暦の六月にこれを行っていた。ということは、昔は建具替えとこのお祭りは、同時だったんですね。山鉾町《やまぼこちょう》（山鉾を出す町内）の夏は、祇園さんのお祭りではじまり、終わる。八月は付録のようなもん、という印象さえうけるほどです。

呉服商というのは、夏は暇なんでしょうか。

それとも、暑くて仕事にならないから、祭りをするんでしょうか。

山や鉾にしろ、この日差しでは傷むんやないやろか、と心配になるような、七月は油照《あぶらで》りです。京都の夏は、京都人に似ています。空は薄く曇っていながら、蒸し暑く、日差しはじりじり、じりじり、とにじり寄ってくる。海岸の夏とは、一味も二味も違う、婉曲《えんきょく》で、辛辣な夏です。真綿《まわた》にくるんだような酷暑というところでしょうか。

十七日の山鉾巡行も、いくら午前中とはいえ、十時ともなれば、もう日はかーっと目覚めています。そこを若い衆ばかりではなく、旧家のご当主たちも裃《かみしも》をつけて四条《しじょう》から、河原町《かわらまち》、御池《おいけ》といった、アスファルトの大路《おおじ》を供奉《ぐぶ》するのです。

ところが、どの顔も、いつもと違う――、といったら語弊がありますか。暑さを越えての、ぴーんと張った絹糸のような力を感じます。いつもは渋面の似合う旦那衆《だんなしゅう》たちです、このところは景気が悪いので、いっそうです。なのにこの日は、やさしく、清々しさまで感じるお顔です。何が、そこまで京男の心を突き上げるのか。生まれ育ったものしか、わからない世界なんだろうなあ、と少々、引きながら、感じるところです。

旦那衆だけではありません、「いや、うちなんかは……」と、謙遜こそ、最大の自慢、という奥方たちも、この祇園祭の宵山のときだけは、先祖伝来の屛風《びょうぶ》を飾り立て、それを往来を行く人々にまで披露してくれる。それも表の格子《こうし》や戸まで外して、とくる。

もちろんこのときばかりは観光客に家のなかを覗かれても、眉根をひそめません。お祭りのときの町家というのは、年に一度の、ハレ舞台なのですね。ハレの日ですから、町家もハレ着、正装を纏《まと》うことになります。

ハレ着を着るまえには、身を清めなければならない、ということでしょうか。六月の末には、大掃除に入るんだそうです。格子の一本一本にハタキをかけ、長い柄の先に雑巾《ぞうきん》をくくりつけて、梁《はり》の上を拭く。洗い屋さんに入ってもらう町家もあるときました。

そのまえに、どんな遅い家でも、建具替えは終わっています。

「衣替えと同じ六月一日を守ってはる家もあるし、それでは梅雨のときに葦戸《よしど》になってしまうと、いい頃合いを選んでする家と、まちまちです。うちのおとなりは、新暦で建具替え、しはるけど、うちではだいたい夏至《げし》のころ、天気のいい日を選んで、女手だけですませてしまいます。新暦では具合が悪いところもありますわね」

と、山鉾町の人から、伺ったことがあります。

この建具替え、夏座敷《なつざしき》にも、ハレとケがあるのですね。

去年のことでした。祇園祭ははじまっていましたが、表の様子はまだ変わりません。

山鉾町の旧家に、お庭の見学に伺いました。

もちろん七月に入っていますから、こちらも夏座敷に変わっていました。ところが、宵山のときと、何やら、陰影の具合が違うのです。ほどなく気づきました。御簾が下がっていない。葦戸が入っている。座敷に通され、勝手に拝見しておりましたなら、

「ああ、いらっしゃい。宵山のとき以来ですかな」

と、ご当主が、出てきてくださった。白いYシャツにズボン、素足、という、昭和の文人さんのようないでたちです。山鉾町の旧家のご当主にお目にかかるのは、なかなかに緊張をする。ザ・京都人、とよばれるような人たちです。同じ中京《なかぎょう》の人でも、

「ああ、室町《むろまち》すじの旦那さんは、よう近寄らん」

ということがあります。でも、私の京町家のお手本はここにあるので、避けては通れない。確かこの日は、「川端道喜《かわばたどうき》」さんのちまきを手土産に伺ったように思います（これ、私にとっては、かなり気合が入っているときの手土産なのです）。

夏の日差しに、庭土が白く、干上がっています。ただいつもながら、手入れが行き届いている。不要な草、一本たりとも、生えている様子はありません。ハレの日を控えて、剪定《せんてい》に職人さんに入ってもらったのかもしれません。刈り込まれ、涼やかな印

象です。

——あの石は、赤いですけど、どこのものですか。あの石は亀に似てますね。ああ、あっちは鶴ですか。おめでたいよう、お商売が繁盛するように、ということですね。これも見立てなんですね。昔の人は想像力が豊かやったんでしょうか。

家というものは百年、形が変わりませんが、庭は少しずつ変わっていきますよ、鳥が落としたものから、育っていくものもある、枯れていくものもある。長い歳月のうちに、だんだんと引き算されて、その家のかたちになじんでくる——。

そんな話をさせていただいたように思います。というのも、緊張していて、あまりよく覚えていないのです。ところが、一輪の花をきっかけに、話がやわらぎました。

「今朝ね、梔子《くちなし》の花が咲いたんです」

と、相好《そうごう》を崩しながら、うれしそうにおっしゃった。なかなかに眼光の鋭い方なのですが、すっかり好々爺《こうこうや》（爺というお齢じゃありませんが）といった雰囲気です。つられるようにして、私も、その視線の先を追いました。なるほど、落ちついた枝ぶり、緑ばかりのその庭に、白い花が一輪、まるで何かの標《しるし》のように、ついています。

「この庭にぴたりと合いますね」

「毎年、祇園祭の二階囃子《にかいばやし》がきこえてくると、咲くんです」

「お囃子？ ああ、稽古がはじまるんですね」

「花も、胸が騒ぐんでしょうな」

ああ、庭というのは、その家のご当主に似るんだな、と思いました。

そこから、宵山のときの室礼《しつらい》の話になり、常《つね》（ケのこと、ふだんのことです。京都の人は、よく使います）の日の夏座敷は、こういう格のある旧家でも葦戸であることを、知ったのでした。それにしても、この暑い夏の盛りに、替えたばかりの葦戸をまた、蔵に仕舞い込んで、御簾に掛け替えるとは、ご苦労なことです。

いい換えれば、そこまでするのが祇園祭、ということにもなる。御簾というのは、本来、神殿や宮殿などに用いる簾《すだれ》ですから、これを下げると、いかにも町家の表情が改まった感じになる。町家の正装なんですね。常があるから、正装がある。

ところが、私ときたら、上辺《うわべ》から入っていますから、それを知ったあとも、一階の居間は、さすがに葦戸ですが、二階の座敷には、平気で御簾を下げている。私にとって、夏は、毎日がお祭りなんです。それはそれでいいのでしょうが、問題は、この町家ブームで、うちが京都の町家として雑誌やテレビに取り上げられることです。

「あれを京の夏座敷といわれてもなあ」

「あのお人は町家遊びをしてはんにゃから、それでええん違いますか」

「せやけど、よその人は、あれが町家やと思わはる」

何やら、去年の夏は、ひそひそといわれていたらしい。申し訳ありません。

まだ京都に住んで五年です、そのうち、常の日に御簾やなんて、許せへん、という気持ちになるかもしれません。きものとおんなじ、という気がします。あんまり約束ごとに捕らわれると、それを楽しむという心が薄れます。東京人の京町家なんですから、そのへんのところは、好きにさせてもらおう、というふうに思っています。

それにしても、京都人の夏座敷に対するこだわりには、頭が下がる思いです。けれど、夏座敷というのは、京都人にとっては、いながらにしての別荘なんや、ときいたときは、少々、合点《がてん》がいきました。というのも、京都の人は、夏、のんびり避暑地になんか、出かけている暇はないのです。七月はその祇園祭です。それがすんだと思ったら、お盆。ご先祖さまが帰ってこられるのに、家を空けるわけにはいきません。まあ、避暑という概念は、明治になって、西洋から入ったものですが、元は京都にいたお公家さんや、華族さんや、新興財閥が、やれ、避暑や、軽井沢やと、暑さを避けたのに対し、京都のブルジョア町衆《まちしゅう》たちは暑さと対峙することで、矜持《きょうじ》を保った。

それを支えたのが、この祇園祭であったんだろうな、と思います。

ですから、別荘を建てるくらいのお金を、町家の正装に注ぎ込んでも、惜しくはなかったでしょうし、商売に行き詰まっても、お茶道具は売り立てしても、屏風は手放さない、という話を、きいたことがあります。

さきほどもいったように町家がブームですが、興味がある人は、まずは山鉾町にある表屋造《おもてやづく》りの常の夏座敷、祇園祭のときの正装、ここから入っていくのが、いちばんわかりやすいのではないかと思います。吉田家のように、一般公開されている町家もありますし、杉本家は「財団法人奈良屋記念杉本家保存会」の会員(一口一万円)になれば、祇園祭や、お雛さん、端午《たんご》の節句など、年に何度かの公開のおり、見学することができます。

さきほどの旧家のご当主ですが、

「宵山のときは、もっと暗かったような気がするんですが」

と、申し上げたなら、

「お祭りのときは、電球も付け替えるんです」

と、おっしゃった。六十ワットを二十ワットに替えるというのです。

どうりで、別世界だったはずだと、納得がいきました。

ほのかに暗くて、座敷庭《ざしきにわ》では、灯籠《とうろう》のろうそくがゆーらゆら、すべてを薄絹越しに見ているような、現実感のない世界でした。奥座敷には屏風が立てられることもなく、床の間に掛け軸と香炉《こうろ》、花は生けられていなかったように思います。表があまりにきらびやかだったのもあり、わずかな空間の移動でしたのに、確かに、都会の喧騒から逃れてきた、という幻覚、静寂がありました。暗いから、心を傾ける。ただ目に映ってる景色から、拝見させていただこう、という心が通った景色になる。

あの日、私がこの奥座敷で、日本の民家に、こんな美しい景色が残っていたんだ、と心がふるえたのは、このからくりだったんだ、と思ったのでした。

格子も外して、なんであんなに飾り立てるんやろか、常の京都人らしくない、という疑問も、この落差がおもてなしの演出のひとつ、と考えると、私の想像はさらに奥へと進みます。表の、往来にいる人たちは、京都の、お客さんではありますが、家のお客さんではありません。一見《いちげん》さんには表面だけ覗いてもろたらよろし。そのかわり、うちのお客さんには表から、奥の別世界まで、ゆるりと味おうていただこう、ということではないでしょうか。

けれど、昨今、私がいうのもなんですが、こういう美意識のある旧家、表屋造りの町家はとんと少なくなりました。たとえ、どんな立派な屏風でも、ビルのショウウィンドウに、スポットライト付きで飾られたのでは、興ざめします。金地屏風《きんじびょうぶ》がいちばん美しいのは、暗がりのなかだと、谷崎潤一郎は『陰翳禮讃《いんえいらいさん》』のなかでいいました。

「さう云ふ大きな建物の、奥の奥の部屋へ行くと、もう全く外の光りが届かなくなつた暗がりの中にある金襖や金屏風が、幾間を隔てた遠い〳〵庭の明りの穂先を捉へて、ぼうつと夢のやうに照り返してゐるのを見たことはないか。その照り返しは、夕暮れの地平線のやうに、あたりの闇へ実に弱々しい金色の明りを投げてゐるのであるが、私は黄金と云ふものがあれほど沈痛な美しさを見せる時はないと思ふ。(中略)時とすると、たつた今まで眠つたやうな鈍い反射をしてゐた梨地の金が、側面へ廻ると、燃え上るやうに輝やいてゐるのを発見して、こんなに暗い所でどうしてこれだけの光線を集めることが出来たのかと、不思議に思ふ。(中略)現代の人は明るい家に住んでゐるので、かう云ふ黄金の美しさを知らない。が、暗い家に住んでゐた昔の人は、その美しい色に魅せられたばかりでなく、かねて実用的価値をも知つてゐたのであらう。なぜなら光線の乏しい屋内では、あれがレフレクターの役目をしたに違ひないから」

引用したのは、昭和十一年に日本評論社から出版された『鶉鷸隴雑纂《じゅんいつろうざっさん》』所収の『陰翳禮讃』ですが、戦前で谷崎さんはこう嘆いておられたのですから、二十一世紀の皓々《こうこう》と照らされたガラスのなかの金屛風をご覧になったら、卒倒なさるかもしれません。

誰かがいってました。

「京都のもんが、みんな美意識があるかというと、そんなことはない。ただ昔は、ないもんはあるもんの真似をしてたんやな。ところが、いまはないもんは新しいことをしよる」

ないもんほど、商才に長けてる、かどうかは知りませんが——。

さて、なんでハレのお祭りを、こんな暑いときにするんやろうか。

いろんな謎どきで遊んだあとは、またここに一巡してきます。

京都の地図を見ると、鴨川《かもがわ》がYの字になっているのに気づきます。平安京の真ん中に川が流れていたのではまずい、そこで無理やり、川を東に動かした。そのうえ御所やら、貴族の館を建てるために、北山の木々が大量に伐採されたものですから、本来、あるべき木を失った山は、水を受け止める力も、土砂を遮る力も失い、そこでたびたび起きるようになったのが、鴨川の氾濫だ、というのです。氾濫すると、不衛生になりますから、疫病が流行ります。自然への畏敬《いけい》を忘れ、恐れ多くも、人間ごときが、自分たちの都合で、本来そこにあるべき自然を動かしたから、こんなことになったんだ、と平安の人は反省したんじゃないでしょうか。御霊《ごりょう》を追い払うために、六十六本だか、何本だかの鉾をたてて、神泉苑《しんせんえん》に祈願したのが、祇園祭のはじまりだ、といわれています。

疫病というからには、毎年、梅雨どきから夏にかけて流行ったのかもしれません。だから夏に行われるようになった、という推理は立つわけですが、でも、ここはやはり神さまの思し召しかな、と思いたいところです。京都の夏はもう酷暑です。前述したように、旧家のご当主たちも、炎天下に裃をつけて、巡行に加わります。もちろん日傘を差しかけてくれる人もいません。常はクーラーの効いた部屋で、ある人は株式会社の社長として、ある人は大学の教授として、経済を、知識を動かしている人たちです。それが苦行にもみえる巡行を、神さんのお供《とも》やからと、ズルもせんと、務めている。

謙虚にならざるをえない自然の力が、そこには潜んでいるように思うのです。

みんな神さまのまえでは、ただの氏子。杉本家のご当主であり、文学者の杉本秀太《ひでた》郎《ろう》先生も、一九七九年刊のご著書『私の歳時記』のなかで、こんなことを書いておられます。

「外界のいかなる変化にくらべても、感情の起伏のほうが立ちまさっているので、暑いなどと思っているひまがない。思えば結構なことで、八坂神社の祭神《さいじん》スサノオノミコトを、ゆめおろそかにはできないのである」

「裃をつけているあいだ、私は神さんのお供をしているつもりである」

「炎暑の半日を神遊びの供衆《ともしゅう》として歩くのは、まことに楽しい。目のまえには、装いをこらした鉾と山があり、耳には、さまざまに曲想《きよくそう》を変える祇園囃子《ぎおんばやし》の音楽が届いている。

裃というものは案外に涼しいもので、このいでたちに不満はないが、草履《ぞうり》でかれこれ三十町の道のりを小刻みに、時間をかけて歩いていると、足がひどく疲れる。昼すぎ、家に帰りつくが、さっそく長々と腹這《ば》いになり、足のうらを子どもに踏ませて休憩」

そうか、そういうお祭りなんか、と眺めた、東京人の今年の祇園祭です。

でも、これがあるから、京都はまだまとまってる、これだけの大都市にもかかわらず、ぎりぎりのところで、なんとかなってるんや、という気がします。といっても、その威力もそろそろ限界かもしれません。スサノオノミコトの逆鱗《げきりん》にふれて、京都大地震などが起こらぬように、私も心のなかで、神さんのお供をさせていただきましょう。

極楽のあまり風

この家が、夏座敷になったとき、ああ、この夏をお迎えするために、これまでの徒労はあったんだ、と思ったものでした。障子《しょうじ》、襖、硝子戸といった建具が姿を消すだけで、こんなに涼しげになるなんて、まるで涼という字が正座をしている、というふうです。

まさに山里の隠れ家のようでした。葦戸というものは、日差しの気配は通しますが、存在そのものは、やんわりと、遮ってしまうものなのですね。仄《ほの》かな闇は、いかにも懐が深そうで、これなら暑さを鎮めることができるだろうな、と思いました。

夏という季節は、日本をアジアに帰してくれるためにあるのかもしれません。

「どんなにその生活様式が欧米化しようが、おまえの出自《しゅつじ》は違うよ、東洋なんだ、夏こそ、日本がいちばん素に戻れる季節なんだよ」

どこかから、そんな囁きが聞こえてきそうな陰影でした。

湿度が高くて、緑が濃くて、水が清らかな京都です。そこにつながるわが家です。誰かがそのときの私を隠し撮りしてくれていたなら、遠い日、花火を見上げていたときの顔と、それはぴたりと重なったのではないかと思います。

去年とはいえ、京都に来てからもう五度目の夏です。杉本家で、吉田家で、秦《はた》家、小島家で、夏座敷はすでに堪能していました。でも、やはりそれは人さんの家だったようです。物件探しからはじまり、修復工事に手こずり、冬には足の小指にしもやけができ、そのあとには骨折までした、ここは苦楽を共にした、町家です。

人さんの、よそさんの家とは違います。手がかからないマンションとも違います。心を寄せたぶん、心で返ってくる、そんな手応えがありました。

それにしても、胸積もりをはるかに凌《しの》ぐ、夏座敷ぶりでした。

漆《うるし》という天然塗料は、ひんやりとした涼感が得られます。畳ですと、夏には網代や籐筵、油団《ゆとん》を敷くことになりますが、この部屋は床まで、意図せぬうちに、『徒然草』の兼好法師の教えに従っていたというわけです。偶然、一階の縁側に立てた葦戸は、私たちに漆塗りの職人さんを紹介してくれた骨董仲間から譲ってもらったものでした。この葦戸、下に夏草の透かし彫りがしてあるのですが、ここから光が型抜きされて、漆の床に、その夏草が映ります。その光は庭の緑を含んでいますから、いかにも涼しげです。

漆と葦戸、庭の棕櫚《しゅろ》竹《ちく》が心を寄せ合って、涼感をつくっているのです。

昔から京都の町家は、夏、涼しいように建てられています。

深い軒は、力技の日差しの侵入を、身を挺して、守ります。そのかわり、夏の恵みである風には、文字通り、門戸を開きます。通り庭《とおりにわ》も風の道、一列三室も風の道、表から奥へ、風は通り抜ける仕組みです。行き止まりにはならないのです。

通り庭の吹き抜け天井は、ガス火の熱気を即座に逃します。中戸と走りもとの板戸、この二つの戸を開ければ、風は待ってましたとばかり、門口《かどぐち》から入ってき、通り庭をすり抜け、裏庭の奥の土塀（ここは、去年の夏、左官職人さんの指導のもと、自分で修復工事に入ったところです）に当たり、そして中空へと上がっていく。そのとき、そこに面している棟が持て余している、じりりとした熱もすーっと巻き上げてくれる。

町家は風の家なんや、ということを実感したときでした。

去年、建具替えをしたのは、夏至のころになっていました。古い夏の建具を揃えるのに、少々、てこずったのです。まだ梅雨は明けていなかったはずです。そのせいでしょうか、春の名残のような風が、ときおり大きく簾を揺らしていました。

漆の間は、茶室から一本道でつながります。茶室は開け放してありました。茶室といっても、にじり口を持つような正式なものではありませんので、風はいかようにも取り入れることができるのです。ですから、葦戸をあけると、野の風がそのまま入ってきた。葦戸というのは、野の風を千切りにして、上品にする役目も果たしているのですね。

ああ、これなら盛夏になっても、涼しいんやないやろか。

「北大路《きたおおじ》、越えたら、気温、違う」

と、いつもの中京の人もいう、これにはひそかに期待するものがありました。

ところが、七夕《たなばた》、越えたら、風がぴたりと止んでしまった。北大路、越えようが

（標高が何メートルか上がるらしいのです）、何、越えようが、夏の気温は風次第でしょう。京都盆地は、三方を山に囲まれているので、前欠《まえか》き風炉《ふろ》のようなかたちをしています。これは熱は逃げません。熱帯夜がつづくと、盆地の底には熱気が溜まっていく。

おまけに油照りです。空はいつもどんよりとしている。雲の膜がかかっているのです。お盆の上から、真綿入りの布巾《ふきん》をかけているようなものです。これは保温効果、抜群です。暑い。

たちまち、暑がりの夫が寝られない、と言い出しました。一階はまだいいのですが、二階の寝室は真南に向いてます。いくら軒が深かろうが、いくら簾を下げようが、焼け石に水なのです。じゃ、窓を開けようということになりましたが、今度は、

「蚊がいる。痒い。あー、寝られへん」

「蚊とり線香がそろそろ効いてくると思うよ」

「蚊がうるさい。もう下で寝る」

翌朝、寝不足気味の夫がいいました。

「よう、あんなところで熟睡できるなあ」

水を得た魚は、この家だけではありませんでした。

暑くなるにつれ、「あー、暑い。帰ってきたくない。うちの事務所は、めっちゃクーラー、効いてるからね」と、愚痴が増えた夫に対し、こちらは、

「あのね、今日、蚊帳《かや》を近江町の『西野蚊帳』さんに注文したの」

「さっき、玄関の間の上の屋根に、水、撒いてみたんやけど、違う？」

と、日に日に、いきいきしてきます。

「宵山に、杉本家に呼ばれたんやけど、今年はな、奥座敷に、大きな氷柱を立てては って、これが目に涼やかで、人の出入りがあると、ここから風が立ち上がるねん。ねえ、聞いてる？　で、本日、うちもささやかながら、真似してみました。どう？」

黄瀬戸《きせと》の大皿に、大きな氷板を入れて、夫のまえに、差し出したのでしたが、

「食うんか」

と、にべもない。

「情緒ない。こういうことをしてあげようかと思ったんです」

と、団扇《うちわ》で、氷の上を扇《あお》ぎます。

「してあげなくていい」

ひんやり、冷房とはまったく違う、涼風が起きているはずなのに。

「夫、態度、悪いよ」

「暑いんやから、しかたないやろ」

ああ、そ。怒ると、よけいに暑くなりますから、さっさと無言で退場です。

あるとき、縁側で、氷が溶けたあとの水にちろちろと足をつけながら、ふるふるした「茶洛《さらく》」さんのわらび餅を食べていたら、唐突に帰ってきた夫に見つかった。ところが、嗜《たしな》みが、とか、なんとか、憎まれ口をきくかと思えば、これが、

「そうきたか。へー、楽しそうやなあ」

誉めているような、呆れているような、でも、なんかいい感じです。夫、歩み寄ってきたか、と思いきや、ひとこと、付け加えるのも忘れませんでした。

「夏と遊ぶのもええけど、仕事、進んでんのんか」

「京都人は、夏は仕事せーへんねん」

七月が終わるころには、もうすっかりこの暑さになじんでいました。

いちばんの楽しみは、水撒きでした。露地庭《ろじにわ》の蹲《つくばい》の水を杓《ひしゃく》で汲んで、というのではおっつかない。ホースでしゃーっと水撒きです。敷石、飛び石だけでなく、木の幹に

もかけます、寝苦しい夜には、屋根にもかける、という大胆さです。

水を撒いたからといって、気温がぐーっと下がる、という感じはありません。ただ、すずしげ。撒いたとたんに、石にしろ、苔にしろ、その色と艶《つや》を増します。白っぽく、平べったかった庭が、生き返ったというような風情になる。

こうすると、びっくりするほど涼しげになるのです。

いえ、足下のあたりは、気化熱で一瞬、ひんやりします。それに合わせて、ゆらゆらっと風も起きます。でも、水撒きで心がはしゃいでますから、そこはひょいと飛び越してしまって、きゃ、冷たい、あれれ、びしょ濡れだ、ということになる。寒竹《かんちく》が水の重さに、ぐーっと頭を下げて、ときには顔までびしょびしょです。ああ、子どものころ、よく、こんな水遊びをしたなあ、なんて懐かしんでいる。水鉄砲というのもありましたね。

だんだん上っ調子になってくると、石を冷やすなんて、まどろっこしい。

「涼の見立て、とか、そんな風雅なこと、いってられなくて、ああ、かかっちゃった、とか言い訳をしながら、自分の足に打ち水をしているんです」

「お客さんを少しでも涼しくお迎えしたい、という心づかいですけど、ほんま、涼しいのは撒いてる本人だけですわね」

「お客さんには、涼しげ、という涼の気配しか残らない」

「そんでええんと違いますか」

　そんな話を、京町家にお住まいの女の人としたことがありました。

　猫まで、うちでは自分の足に打ち水します。お風呂に入れようもんなら、さんざん抵抗するのに、水撒きには自ら、参加してくるのです。飼い主の私と同じように、あ、かかっちゃった、という風情で、すかさずその小さな舌で拭きはじめますが、びしょびしょに濡れた敷石の上で、それをやるから、足を拭きながら、尻尾には水をつけている、というおバカさ加減。でもうれしそうなんです。喉をごろごろ鳴らしたりしてますからね。

　濡《ぬ》れ縁《えん》にはかわいい足跡が。これもうちの夏景色のひとつです。

　この、蹲に吊り灯籠の、露地庭は、うちの避暑地になりました。もともとはセメントで固められた、ありふれた通路だったんです。お金をかければ、料亭の露地のようにもなるのでしょうが、いかにせん、低予算です。庭までは手がかけられませんでした。茶花《ちゃばな》を植えたり、青木《あおき》を切り倒したり、その程度のことしか、晩秋にはできなかったのでした。

ところが、夫の知り合いの造園プランナーの女の子が、

「私でよかったら、なんとかやってみましょうか」

と、私の心中を察して、申し出てくれた。さすがに彼女一人では、石仕事はできず、植木職人さんの力を仰ぐことになりましたが、あこがれていた、料亭ふうの露地庭(文春文庫『京都で町家に出会った。』の表紙がそれです)に、生まれ変わりました。しっとりと見えるのは、石が古いからだと思います。蹲に見立てた石臼は、取り壊される町家からもらってきたもの、敷石のほうは、かつての市電で使われていたものだという。このころ、私は足を骨折していて、「それ、いる」「それ、ほしい」と、達者なのは口だけです。実際にこれらの石を運んだのは、彼女や、うちの夫、それから後輩クンたちでした。

長いあいだ、使われてきたものというのは、懐が大きいですね。たとえば、敷石ですが、表面はお月さまのよう、もうクレーターだらけです。ところが、ここに水が溜まって、涼感を長持ちさせてくれるのです。夜にはそこに吊り灯籠の灯りが、映ります。もちろんほかの季節でも、お客さまがお見えになるときは、打ち水をしますから、

映るわけですが、いちばん趣があるのは、やはり夏だという確信を持ちました。

そんなふうにただの水遊びと化している、うちの水撒きですが、ひとつだけ、お約束ごとがありました。それは露地庭と、座敷庭、同時に水を撒かないということ。三年前になりますが、町家見学会で吉田家を訪れたとき、案内係の人から教わった、それは町家暮らしの知恵、というもので、いつかどこかで試してみたい、と思っていたのでした。

「風というのは、温度差で起きます。庭を冷やすだけやなしに、風を起こすわけです。せやないと、水がもったいない。京都の人はけちなんです」

三年前というと、町家のデザインに憧れるだけのころです。けれど、これにはぐっと袂《たもと》を引かれるものがあった。そうか、風は待つものではなく、起こすものなのか、というわけです。小学校のときの理科で習いました。陸は熱しやすく冷めやすく、一方、海は変わらない。それで、昼間は海風、夜は陸風になる、というものでしたよね。温度の均衡がとれる朝と、夕方には、風が止まる。凪《なぎ》です。

「坪庭というのは、採光と通気のためにあるんですね」

八畳の座敷、次の間を、風が徂徠《そらい》する、そのさまを夢中で思い浮かべていました。

あこがれが先に立ちすぎてしまったんですね、六月のころのような、涼やかな波のような風が通り抜けていくのかと、思っていたわけです。

そうして、去年の七月です、念願かなっての打ち水（最初は杓でやってたんです）でしたが、結果はいわずもがな、波のような風なんか起きません。がっかりはしたのですが、ただ、水遊びは楽しいですし、ま、いいか、という気分になっていました。

ところが、ある日、家にいた夫が、

「おお、ええ感じやなあ。風が起きてる」

と、庭で水を撒いている私にいうのです。こちらはうそー、という感じでしたが、

「本当？」

急いで、縁側から上がってみました。

「そうお？」

「ここにちゃんと座ってみ」

夫がいうとおり、漆の間に座り、葦戸を少し開け、座敷庭を眺めました。すべてがさわさわ、というわけではありませんが、なるほど、動いている葉がある。よーく見ていると、風というより、水の仕業。たっぷり水浴びした棕櫚竹、その水滴が尖った

葉先から、下の葉に落ち、それを受けて、さわさわと下の葉が揺れ、水滴を振り落とす。すると、その水滴が、また下に落ち……、と連鎖している。もともと棕櫚の葉は、かなり重い葉です。ところがしなりやすい。水滴の重みで、充分、揺れるのです。

正座をし、きちんと心を傾けると、確かに風は姿を現しました。わずかですが、首すじに風を感じました。いつも撒いてる本人たちには、味わえない、もうひとつの涼風が、そこには存在してた。上品で、まさしくお客さん用の風でした。

涼感にもハレとケがあるんだ、と思ったときでした。

「棕櫚竹って、扇子のようなかたちをしてるんだね」

「そうか？」

「これも、見立ての精神かなあ」

「何かいうたか」

ううん。私が風の余韻に浸っているそばから、夫は「老松《おいまつ》」の夏柑糖《なつかんとう》に、夢中で銀の匙《さじ》をつっこんでいました。夏の日差しを寒天《かんてん》で固めたような色合いですけどね。

その日を境に、五感がぐんと冴えたという意識がありました。

「絹糸のような風でした」

「それ、うちの義母は、〝極楽のあまり風〟というてました」

そう、教えてくれたのは、西陣の金箔屋さんの大奥さんでした。

「京ことばなんですか」

訊きましたら、

「さあ、どうですやろか。ただ、義母はよう使《つこ》てました。仏さんが、極楽のあまり風を分けてくださってる、ありがたいことや、という気持ちやったんでしょうね」

涼やかなことばでした。上布《じょうふ》のきものを着て、ダイドコの間に座っている、そんなおばあさんの姿が目に浮かびました。――丸盆《まるぼん》の上には、冷たい麦茶、お茶菓子は何やろう、葛《くず》菓子やろか。お姑《しゅうとめ》さんは汗をかかへん。そこへ、お嫁さんが買い物から帰ってき、その気配に、すーっと走り庭に風が入ってくる。

「ああ、極楽のあまり風や」

お姑さんは呟く。お嫁さんは日差しを浴びたばかりで、うっすらと額に汗。

「まだまだ、修業が足りませんな」

と、お姑さん――。

『広辞苑』を引きましたら、「極楽」のなかに、このことば、きちんと載ってました。

意味は、気持ちのよい涼風。京ことばではなく、古きよき日本のことばだったんですね。そういえば一九〇〇年生まれの、うちの祖父も、私が肩を叩いてあげたりすると、「ああ、極楽、極楽」と、いってました。一代下がって、父母は使いませんでしたから、小さいころは、おじいちゃん、ヘンなことば、と思っていたように思います。いいえ、おじいちゃん、いいことばです、謙虚です。祖父はそういう人だったんだろうな、と思い、うれしくなりました。そのお姑さんも、お嫁さんには厳しゅうしはるけど、人生には謙虚やったんではないでしょうか。夏の暑さにも、不平をいうようなことはなかった。そういうもんやと思てはった。暑いから、極楽のあまり風のご相《しょう》伴《ばん》にも与《あずか》れる、という考え方でしょう。昔の市井《しせい》の人というのは、粋《すい》やったんですね。せやけど、そのかわり、夏のおいしいもんもいっぱい味わえたはずです。

夏はどんなもんをよく召し上がりますか。

これは、洛中の旧家の奥さんでしたが、お伺いしたことがあります。

「暑い暑い夏には、それはもう冷たいもんですわね。お素麺《そうめん》とか、冷たいお茶をかけたお茶漬けとかです。それから涼しいもんも、夏ならではの常のごちそうです。たとえば、そうですね、茄子《なす》の丸煮《だ》き。ああ、そうです、お祭りのとき、麻生さんにもお出ししたことがありましたね。茄子の紺色がひんやり、涼しげでしょう。ハレの日のおごちそうやったら、ハモですやろか」

そうかと、思いました。ハモの切落とし、骨切りした身が、湯を通すことで、白い花びらのように開く。これ、目に涼やかです。東京にいるころも、冷房の効いた料理屋さんで、これを食することは、稀にありました。でも、おいしいと感じたことは一度もなかった。味はないし、口当たりも、ざらざらした感じです。ところが京都に来てから、

「あれ、ハモってこんなにおいしかったかなあ。やっぱり京都のハモは違うのかな」

と、不思議に思っていたのでしたが、ハモではなく、夏が加勢してたんですね。鮎の塩焼きも、蓼酢《たでず》の緑が涼やかです。なんでもない、ただのお漬もんでも硝子《ガラス》のうつわに盛ったら、それはまた涼しいでしょう。うちでは青竹《あおたけ》も使います。

夏の走り庭に立つのは、けっこう涼しいもんです。まず水が冷たいでしょう。それと、火を使いますから、空気が動くんですね。板戸を開けておくと、極楽の風が漏れてきているのではないか、というほどの風が入ることも、あります。それに土間ですからね、素足に下駄、ここでも水遊びの延長です。

「なに、そんなとこで本、読んでるんか？」

これも夫に呆れられました。走り庭は北側の煙出しの窓から、あかりは入ってきますから、漆の間と違って、電灯をつけなくても、本は読めるんです。蚊がいますから、土色（除虫菊一〇〇パーセントの天然の蚊とり線香を取り寄せています）の蚊とり線香を焚きます。

ひとりでさきーっと食べるときは、走り庭の椅子で食べてしまうこともあります。使わなくなったミシンがテーブルなのです。よくつくるのは、花茗荷《はなみょうが》を使った、冷たいもん、涼しいもん。お素麺だろうが、冷や麦だろうが、薬味は花茗荷。これも不思議なものですが、東京にいるころは、さほど好物というものではなかったんです。

うちの座敷庭の下には、茗荷の地下茎が這っているようで、初夏になると、杉苔《すぎごけ》を盛り上げるほどの勢いで、親茗荷が出てくるのです。去年は気づかなかったのですが、親があれば、子（花茗荷）も出てくるはずですよ、と教わり、今年は、早く、早く、と手ぐすねをひいているところです。自家製の花茗荷ともなれば、その涼やかさも芯が一本、通ります。

昔の人は茗荷を食べると、物忘れをする、といったといいます。なんでもわずかに麻酔作用があるとかで、古くは邪気を払い、不祥《ふしょう》を取る、といったらしい。そのせいでしょうか、茗荷を食べると、暑さを忘れるような気が、私にはするのです。胡瓜《きゅうり》と茗荷を刻んで、二杯酢《にはいず》で食べる。すーっとします。目にも涼やかです。茗荷と青じそのすし飯、というのも、冷たい茗荷のおすましも、町家暮らしの私はおいしいと思う。なんや、兎の餌みたいやなあ、と夫はいいますが、冷房の効いたところで、一日じゅう、仕事をしている人には、この夏の醍醐味《だいごみ》はわかりません、とこちらも言い返します。

「せやけど、暑いもんは暑いんやから、しょうがないやろ」

「じゃあ、夏建具をやめて、冷房でも入れろというわけ?」

「それは許さん。そしたら、この家に住む意味がないやろ」

ここだけは気が合うのでした。でも住んでるのは、ほとんど私だけなんですけどね。でも、夫はたまに帰ってくるから、よけいに暑く感じるのであって、私のように一日じゅう、ここにいたなら、ずいぶんとその印象も違ってくると思うのです。

それに、三日続けて、どうにも堪えられない、という油照りが続くことはありません。大文字《だいもんじ》の送り火《おくりび》が終わるころには、秋の試し刷りといいましょうか、夜には秋が遊びに来たりもします。すると、これが寂しいんです、ああ、夏も終わりか、という気になる。

でも、暑がりの夫はそんなことはないんだろうな、と思っていたら、

「短かったね、夏」

と、行く夏を惜しむようなことをいう。うちの極楽のあまり風は、臨時の茗荷畑から、起きてくるものです。ならば、その風にも、邪気を払い、不祥を取る作用が、混ざっているのかもしれない、夫もついに改心したか、と思いきや、なんのことはない、試し刷りが終わり、もう一度、残暑がぶり返したなら、しれーっとして、

「暑い。寝られへん。下でポルク（猫の名です）と寝る」

と、蚊帳をたぐり上げ、階下に下りていくのでした。

ホタルが消える日

うちのそばの疎水にホタルが光りはじめると、水無月《みなづき》です。

去年のことでした。おとなりさんが、

「一昨日、うちのコが夜中の二時に電話してきて、おかあさん、ホタルが飛んでる、見にきーへんか、とこうです。そんなもう寝てんのに、あんたも早よ、帰り、いうたんですけど、お友だちと見てたらしくて、朝帰りです」

という。いいなあ、と思いました。だって大学生の茶髪の男のコが、ホタルで朝帰りです、きれいな夜遊びではありませんか。

「いや、そんなん違いますよ。もう、うるさいでしょ。バイクで帰ってくるから」

いいえ。ホタルが飛んでいたから、ケイタイでおかあさんに電話した――。こういう使い方なら、ケイタイという器械も、それを使う人も好きになれそうです。

「で、昨日、見に行ってきたんです」

「ボクといらしたんですか？」

「いーえ、あんなんと行きますか。ひとりで見に行ったんです。出しな、麻生さんに声、かけさせてもろたんですけど、お留守のようやったんで。私ね、何やしらんけど、ホタル、好きなんです。毎年、新しいカレンダーが来ると、去年、ホタルが出た日に○印、つけとくんです。忙しくしてると、忘れてしまうんで」

このおかあさんにして、あの息子あり。京都とか、東京といったものを越えて、季節に近い母に育てられた子の、心の豊かさを思います。こういう豊かさというのは、お金とか地位、境遇に左右されません。心の基礎体力ですからね、ある人は強いです。

「今日も行こ思てるんですけど、どうですか」

去年ですから、革の装具が外れてまもなくの左足を、少しだけ庇いながらのホタル見物でした。疎水べりまでおとなりさんと歩きます。ホタルが棲む水辺まで、うちから五分とかからないのです。といって、あたりはまったくの住宅地です。

住宅地に流れる人工の川にホタルが棲む――、東京人がうらやむ環境でしょう。

ここに越してきたころは、中京以外は京都におへん、ということばがどうしてもひっかかり、あーあ、ここは明治のころは畑だもんなあ、と気落ちしていたのですが、ホタルを知ってからは、いやいや、ここも立派な京都です、という気になりました。

乙夜《いつや》(午後九〜十一時くらいを指す)にさしかかっていたと思いますが、

「あれ、まだ出てませんねえ」

「あ、あそこ」

葉桜の枝が枝垂《しだ》れるあたりを、ホタルが飛んでいます。下草に止まっているのもいます。しばらく歩いていくと、ホタルの数も、人の数も増えてきました。小さな橋には、近くの人や、若いコたちが集まっています。なかには浴衣を着ている娘もいます。

二つ折りになるほど、前かがみになり、橋の下を見つめている人もいる。

「いる、いる。光ってる」

「ほんまや。あそこも」

「ああ、飛んでる、飛んでる」

みんなしあわせそうな顔をしています。

「石、投げたら、いっせいに光りはじめるて、先輩がいうてたよ」

「あかん、あかん。待ってたらええのや」

お、いいな、とその声の主を捜すと、自転車に跨《また》がったおじいさんと中学生でした。

何やら知らんけど、ホタル、好きなんです、おとなりさんはまたいいました。

ホタルが一匹、ふーわり、ふわり、疎水べりの民家へ迷い込んで行きました。


二年前の水無月です、京都の骨董仲間のひとりが、京都の北の山里に持つ隠れ家に誘ってくれました。ぐるり土塀に囲まれた、重厚な造りの古民家ですが、手に入れたときは、屋根の一部は朽ち落ち、床は抜け、土間にはぺんぺん草が生え、というような荒廃ぶりだったといいます。それを少しずつ、大工さんの力を借りながら、修復していった。口惜しいけれど、うちの古民家とは、梁にしろ柱にしろ、太さが違います。大店《おおだな》の京町家の普請《ふしん》と比べても、勝るとも劣らぬ造りです。落ちた床は、栂《とが》の拭き漆仕上げで修復されました。私たちに石川県小松市の沢田さん（沢幸漆店）を紹介してくれたのが、この骨董仲間でした。ついでに古色塗りのベンガラ塗りを伝授してくれたのも、この人です。

その夜は拭き漆の床に、折敷《おしき》をならべ、蠟燭の火を灯しながら、小さな宴でした。骨董屋さん夫婦が二組に、その人と、私たち、といった面子《メンツ》です。舌鼓を打ちつつ、古民家、古民芸といった夜噺《よばなし》も盛り上がります。

と、ほろ酔い加減になったときに、誰からともなく、

「あ、ホタルだ」

という声が上がりました。雪見障子の向こうをホタルが飛んでいます。

「明かり、消そう」

また誰からともなく、声が上がり、電灯が消されました。

庭の闇に光のニュウ（骨董用語でヒビのことです）です。黒漆に金接《きんつ》ぎをしたような景色です。この骨董仲間は金接ぎも玄人はだしで、その夜、私が取り皿として使っていた古伊万里の皿にも見事な接ぎが入っていましたが、

「ホタルにはかなわないね」と、私。

「ああ、闇夜の金接ぎか。それ、ええなあ」

「自分の家でホタルが見られるなんて、いいですよね。京町家のことを市中の山居、

いうけど、やっぱり本物にはかなわへんわ」

「ねえ、私ら喋ってんのん、ホタル、聞いてんのん違う?」

ふーわり、ふわり。まるで天空から糸で操られたような上昇、下降を繰り返します。

「ほんまや、意識したはるわ」

たった一匹のホタルの舞いが、その夜の宴を粋なものとしました。

帰り際、格子戸の上、ぽーっと光るホタルがいました。

「さっきのホタルやろか」

「お見送りしてくれてんのと違う?」

土塀の外側には、小川が流れており、ホタルはそこから飛んでいるようでした。誰もの足がクルマには向かわず、ホタルに吸い寄せられていきました。

私はホタルを捕まえると、いつもやってみることがあります。左の薬指にのせてみる。指がぽーっと浮かび上がる。ホタルの指輪です。

「いやー、きれい」

どんな大きなダイアモンドでも闇では輝きません。けれどこのダイアモンドは自立していいます、小さく仄かなものでも、月ではなく太陽と同じです。

骨董仲間のひとりが、

「うわ、線香花火より、明るいんと違う?」

といいます。頷きながら、こんな話をご披露しました。

「去年ね、花背《はなせ》からホタルを持ち帰ったのね」

「花背て、エッセイに書いたはった、あのホタル? 星の数ほどいてたという」

「そう……」

まさに天の川が落ちてきたようなホタルの数でした。それがいっせいに乱舞している。オスがメスを捜すときに、こういう群飛をする生態をもっているのだそうですが、恋は戦いというわけでしょうか、昔の人はこのさまを蛍合戦と形容しました。

小雨が降るような夜でしたから、月の光も星の光も届きません。あたりは一面の漆黒の闇です。なのに川面が見届けられるのです。銀粉を蒔《ま》いたかのようです。

それほどの数ですから、なかには鍋の底から吹きこぼれるように、渓谷の外まで、舞い上がってくるものもいます。その迷子のホタルを数匹、帽子や手のひらで捕まえて、バリ島土産の手籠にしまい、家まで連れて帰りました。アタの編み目から、光がこぼれます。

それも明滅しますから、籠が息をしてるようです。

マンションの玄関先で、そーっと手籠の蓋を開けましたが、ホタルはじっとしている、飛び立とうとはしないのでした。恋の邪魔をされ、不機嫌なのか、それとも本懐を遂げ、放心していたところを捕まえたのか、明滅もしたり、しなかったりです。

それでも飽きず、こちらもじっと眺めていたのですが、思いつくことがありました。愛用の国語辞典を引っ張り出してき、ホタルを引くと、部屋の明かりを消しました。そこにホタルを置きました。もちろんホタルは飛び立ちません。ただ、驚くと、光るのか、辞典の1016ページと1017ページが青白く、浮かび上がりました。

「──ちゃんと読めたの」

「それ、本当の話？」

「もちろん」

「えー、すごい。私もやってみよ」

と、彼女もホタルを籠に忍ばせましたが、クルマに乗ったとたん、気が変わったか、現実に戻ったか、ホタルを窓から放すのでした。

あっ、と思いました。たとえ一匹であっても、ホタルの生態系を壊すようなことは慎むべきことでした。ホタルが激減したことのいちばん大きな理由は、よくいわれるように、環境汚染、水質汚染でしょう。餌のカワニナがいなくなってしまった。けど、それよりもっと単純な理由もあったと思うんです。捕りすぎたんですよ。

昔はホタル問屋というのがあったんだそうです。

祇園祭のころでしたか、還暦を過ぎた頃合いの中京の人と、ホタルの話になりました。その人が子どものころは、毎年、夏には、近江のほうからホタル売りが来ていたのだそうです。金魚売りのようなものでしょうか。ホタル売りは大きな袋に入ってい、子どもが駄賃を握りしめ、買いにいくと、ホタル売りは、袋からホタルを口にひゅーっと吸い込む。そして三匹といえば、三匹、五匹といえば五匹、器用に吐き出したといいます。

「きれいだったでしょうね」

というと、

「ホタルは光ったらきれいやけど、クサいから、嫌いやったな」

「ホタルってクサいんですか」

「クサかった」

と、とんだところに話は落ちたのでしたが、本によると、明治の中ごろには、すでにホタルは商売になっていたようです。

当時、守山（近江）には異常なほどのホタルが群棲しており、そこに目をつけたのが近江商人、これを捕獲、大々的に商った。写真でみるかぎり、「源氏螢問屋」の看板がかかった町家は、京の呉服問屋に勝るとも劣らぬ店構え。全盛期の昭和のはじめには、一度に五十万、六十万といった単位で注文があったといいますから、推して知るべしです。なんでも朝鮮半島や満州にまで、ホタルは出荷されていたようです。お金のための自然破壊は明治の人もやってたんですね。

「昔の人がなんでも偉かったなら、戦争も起こらなかったよね」

と、誰かがいってましたよ。

それでも守山のホタルは、昭和の終わりまでは捜せばいたようですが、現在は絶滅。このごろでは、養殖ものを放っているそうですが、定着するのでしょうか。

ホタルが羽を得て、天空を乱舞するのは、わずか一週間とききました。

ゲンジボタルの一生は一年です。孵化《ふか》までひと月。幼虫の九カ月間は水中暮らし、カワニナを食べながら、脱皮を繰り返し、翌年の桜が散ったあたりの雨の夜、光りながら水から上がってき、その足で地中に潜り、ここで蛹《さなぎ》になる。二カ月後、地中で羽を授かり成虫に。満を持しての天空デビューが水無月のころ、成虫となったホタルは餌も摂りません。ただひたすら光フェロモンを放ちながら、交配活動に入ります。わずか一週間のシーズン。自分を犠牲にしても、ホタルという種の存続が優先されるのです。

少しまえまでは、私たちもそれぞれの一生より、家の存続が優先されました。自分のこととなると、それを否定する気持ちが強いのに、京都でお子さんがおいでにならない旧家さんを知ると、つい、養子さんでもとるんかなあ、と心配してしまいます。まったくよけいな心配、大きなお世話ですが、アメリカ人が日本の皇室について、あれこれいいたがるのと同じような心理かと、分析してみたりします。

もちろんどんなに親しくなったとしても、そんなこと面と向かって、訊ねたりはしません。ただ、あるときホタルの話から、そこに繋がっていったのです。

「そんなん聞くと、なんやら自分と重ねてしもて、ちょっとつらいです」

そう、旧家に生まれた人はいいました。

「この家のために、どれだけのもんが犠牲になってきたか、よくそう思うんです。この家は私の代で終わりにしようと思てます」

胸にずしりときましたが、それでもやはり私はよそ者です、強く、もったいない、とも感じてい、話の穂が接げないのでした。

ヤモリが棲む家

梅雨どきだったと思います。

いつものように急な階段をとんとんとん、と調子よく二階へ上がっていく、ところが最後の三段というところで、私は止まってしまいました。いたのです、不思議なものが。

しばらくどちらも動かず、見合っているような恰好になりました。あちらも驚いたのでしょうが、こちらだって、そりゃ驚きます。中塗り止めの土壁の凹凸は、ちょうどいい足場になるようで、四本の足で踏ん張っている様子でした。

ヤモリです、爬虫類ですよ。とかげの親戚でしょう。

「家を守るから、家守り、家を守るからヤモリ。縁起もん。縁起もん」

必死になって、心のなかで反芻《はんすう》しました。中京の友人から教わったことばです。

ふう、とひと呼吸、次の踏み面《づら》に足を乗せようとしたとき、あちらも金縛りがとけたと見えて、背中から尻尾にかけて、しゅしゅっとしならせながら、あっというまに天井近くまで上がっていきました。でも、見届けるのは、まだ怖かった。だって、目が合ったら、怖いじゃありませんか。いやですよ。ばっと飛びかかってきたらどうするんです。

家を守る、家を守る、縁起もん、縁起もん。

呪文のように唱えながら、あわてて階段を封鎖しました。

葉桜になったころから、わが家はてんとう虫を皮切りに、青虫、ゴキブリ……、もう虫ならなんでもございい、といった様相を示しておりましたが、爬虫類までお出ましになるとは、さしもの私も思っていませんでした。天井裏ならまだしも、表にまで、我ら新参者ゆえ、舐められているのか、それともあちらが向こう見ずなのか、いいですよ、いっしょに住んでも。でも、棲み分けというものがあるでしょう、それが自然界の掟というものでしょう。

それともこれが町家の掟なのですか。

昔はともかく、ヤモリなんて、そう出会うもんじゃありませんよね。少なくとも、私は東京では見たことがありませんでした。ところが京都ではよほどのまちなかでも、出現するのです。京都新聞の社屋のそばでしたが、はじめてそれを見たときは、ねえねえ、とまわりの人に教えてあげようかと思いました。だって二十一世紀ですよ（そのころはまだ、でしたが）、大都市のど真ん中でですよ。でも、見ず知らずの人に教えてあげなくてよかったです。中京の友人に言ったなら、

「はあ。うっとこにもいる。あんた、そんなことで驚いてたんか」

と、ウケないどころか、笑われてしまいました。どうやらそれは京都のあたりまえらしい。

出町柳《でまちやなぎ》のそばで、道路を横切るイタチも見たことがあります。

さすがにこれは驚くだろうと思えば、

「ミヤジさんとこなんか、サルが出てきはったんやて」

まいりました。でも、そのミヤジさんという人の家、左京区といえども、京都盆地

の外側ですからね。ま、いるでしょうよ。しかしヤモリは京都の中京、オフィス街のど真ん中です。京都というまちは、都会でもあり田舎でもありの、二重人格ですね。

しかしそのときは、まさかそこまでの心の準備はできていません。爬虫類といっしょに寝起きすることになろうとは、えらいところに越してきちゃったかな、そう思いました。

その友人は、ヤモリは蚊や害虫を食べてくれるから益虫（虫ではないけど）や、殺したらあかん、大事にせんと、そう言っていました。でも、寝ているあいだに、額にひたっと張りついたら、そう思うと、ぞっとします。その日はとうとう夜明けまで、一階でビデオを見て、起きていました。

ずいぶん東京マンション生活に慣れてしまってたんですね。

仕事場のマンションは、ほとんど料理もしませんから、ゴキブリも出ませんでした。上のほうの階だと、蚊も入ってきません。いい環境だと、自慢に思っていましたが、そのかわり、ベランダに花を咲かせても、蜜を舐めてくれる蝶々はいませんでした。

蚊はいやだけど、蝶々にはいてほしい、というのはそれこそ虫がよすぎる。しょうがない、都会にはもう生ゴミを漁る小動物しかいなくなってしまったんだから、そう諦観するしかありませんでした。それが私の東京ガーデニング生活だったのです。

ギャップがありすぎました。京都ではヤモリですか。

何度も思い出しているうちに、これが妙なもので、情が移ってきました。そもそも同じ家に棲んでいる、これはもう家族のようなものでしょう。さらに、あちらは代々、この家を守ってきている先住民。棲み分けというなら、あちらが優先です。二階がお好きなら、二階の壁は譲歩しましょう。仲良くしなくては。

いいよ、出てきても。出てこないかなあ、出てこないなあ。出てきてよ。

会えない時間が愛を育てるのさ、と誰かの歌にもありました。いつのまにか、ヤモリの出現を心待ちにするようになったから、不思議です。

次に見たのはやはり、二階の窓でした。オブジェのように張りついていました。

「かわいい」

ああ、慣れていくもんなんだな、わがことながら、人ってすごいな、と思いました。

この夏、ヤモリとの面会は二度きりでしたが、一度、友好関係を結んでしまうと、よそでも目敏《めざと》く見つけるものですね。七月、祇園さんのくじ取りも終わり、夏座敷になった、ある鉾町《ほこまち》の旧家にお邪魔したとき、雨を含んで、風情を増した前栽《せんざい》の土塀に、彼女（彼かもしれませんが）の姿を見つけました。

「今年、うちの山は×番目になりました」

ご当主とそんな話をしているときでした。

「ああ、あれですか。かわいいもんです」

錆《さび》が出てきた聚楽壁《じゅらくかべ》に、ヤモリはよく似合っていました。

毛氈《もうせん》を敷きつめたような地苔に地シダが、雨の色まで青く染めていました。


梅雨が明ける前の京都は、雨期のバリ島に似ているかもしれません。

十一月でしたが、母と私たち夫婦と三人で、そのバリ島に行きました。泊まったのは、ウブドゥの「クプクプバロン」というホテルです。道路から、森の奥へ入り込んだところ、アユン渓谷のすぐ上に、隠れ家のようにして、十数戸のバンガローは建っており、オーストラリア人に人気とききました。クプクプバロンの意味は「巨大な蝶々」、クプクプがてふてふだときけば、何やら海を隔てても、繋がっているような気がしてきます。

ここのレセプションの屋根裏で、大きなヤモリを見つけました。

一応、高級リゾートホテルですから、大理石の床は、裸足で歩いても大丈夫なほどに、掃除は行き届いています。ブーゲンビリアの濃厚な香りが、暗がりをやわらかくする。ああ、これがリラックスということなのか、と納得するやすらぎです。

最後の夜、空港へのクルマを待っていました。レセプション・カウンターの背後には、こちらの人が農作業のときに被る笠の絵が、掛けられているのですが、その上に、まるでお標《しるし》のように、張りついているヤモリ。そこが指定席になっているのか、夜になると、お出ましになるのです。その夜も、姿を現していました。

「ヤモリ、かわいいよね」

夫にいうと、

「おお、うちのより大きいな」という。

「南国だし、食べるものが、京都よりおいしいんでしょ」

動物嫌いの母までもが、やわらかい眼差しで見上げている、これには驚きました。

私たちの視線に、レセプションの女性も気がつきました。日本人の観光客のなかには、これを嫌う人がいるのか、すかさず、彼女は微笑みながら、

「バリでは、あれは家の守り神なのです」

と、話しはじめました。

「日本でも、そうです。家を守ってくれる、といって、退治はしません」

「うちにもいるんですよ」

彼女は「まあ、そうですか」と、頷くと、

「あそこには、もっと大きいのが棲んでます」

わざわざカウンターから出てきて、屋根裏の編み目にそれを捜してくれます。「ほら、あそこ」、指さすほうを見上げれば、いた。でも、二、三十センチはありそうな巨大なヤモリです。いくらなんでも、種類が違うのではと問う夫に、彼女は打ち解けた表情で、

「おなじ」

と、笑いました。そして、カウンターに戻ると、紙片に、小さいのが「CECAK」、大きいのが「TOKEK」、と書き記してくれました。

「家の守り神なのね」

「YES」

こんなにも繋がっている。日本人にこの島が人気があるのは、これかと思いました。

宗教も民族も、言葉も文化も異なるのに、なつかしさの手応えがあります。

そして外国人に京都が人気なのも、同じなのではないかと思ったのでした。

帰路、ジャワ島のジョグジャカルタの銀細工の工房で、ヤモリのブローチを見つけました。ほしいけど、ブローチ、あんまりつけないしな、と見ていたら、横から、

「これはご縁だ、買わなくちゃ」

と、夫と母がそろって勧めるのです。

そうね、私を守ってくれるかな、といただくことにしました。

そんなわけで、ヤモリは今では私の守護神です。たぶんあちらがお嫌じゃないなら、手にのせられるくらい、気分は打ち解けたという気がします。それがうれしくて、今年の年賀状には、うちはヤモリとネズミも棲んでいます、と得意になって書いたなら、

「うちもどちらもおります」

と、小石川の方から、お返事をいただいて、意外でした。ネズミはともかく、ヤモリはもう東京にはいないだろう、と決めつけていたからです。その方のお住まいは、終戦後まもなく建てられた木造家屋で、丹精された庭に包まれています。東京といえども、ヤモリ、守りたい家には棲んでいるのかと、うれしくなる思いでした。

ヤモリがいるということは、その餌となる虫がいる、ということ。小さな生き物である虫が住める環境にある、ということです。京都でも、新建材で建てた新しい家には、この守り神はお出ましにはならないようです。

「ヤモリか。とんでもない。それがいやで、家、建て替えたようなもんやし。今度の家なんかボッカブリも出ーへん。それがどんだけうれしいか」

と、親しい人は喜びます。ボッカブリというのは、京都弁でゴキブリのことです。一方でその人、いっときは目が痛い、と騒ぐことにもなった。春場になって窓を開けるようになったら治まったようですが、たぶんシックハウス症候群、使用されたボンドか塗料あたりに原因はあったのではと、ふたりで話したものでした。

ヤモリ、漢字では「守宮」と書くそうです。

京都御所には平安の世から、代々、御所をお守りしているヤモリがいるときききました。ご一新のとき、なかには天皇さんのお荷物に紛れて、東京へお供していったヤモリもいるかもしれません。それはほんの数年前までは、思いも馳せなかった世界です。

蚊帳のベッド

水無月がはじまったころでした。庭掃除を手伝ってくれていた母が、

「圭子、裏庭の火鉢ね、あとで誰かにひっくり返してもらいなさい」

と、いうのです。それもわざわざ書斎まで上がってきて、抑えた声です。

「なに、どうかした？」

「あんなところに置きっぱなしにしとくから、雨水が溜まって、ぼうふらのいい棲処《すみか》になってますよ」

「ぼうふら……」

ぼうふらって何だっけ、蚊の幼虫？　とっさに蛆《うじ》のようなものを連想し、下駄をつっかけ、走り庭を抜けました。青色の大きな火鉢は、もともとこの家にあったもので、縁の下で見つけたものでした。それを鉢植えのカバーになるかもと、縁の下からごろごろと引きずり出し、裏庭に適当に置いてあったというわけです。

雨水が溜まっていたとは知りませんでした。五月の連休のころでしたか、雨漏りがするほどの大雨が降りましたから、そのときにたっぷり溜まったのでしょう。母は根気よく、空き缶で、水を汲み出していました。そんなの、いま、ひっくり返したほうが早いわよ、と手をかけて、音を上げた。もともと火鉢が重いのです、子どもがしゃがんだらすっぽり入るような大きさです、それに水がたっぷり溜まっている、これはびくともしません。

「とりあえず、水をかき出して、それからですよ」

「うわ、これ、水、腐ってる」

かたくり粉を入れたようなとろみがついています。

「そりゃ、そうですよ。家のなかでぼうふらがわくなんて、主婦の恥ですよ」

それで、母は声を潜めていたというわけです。

「どれがぼうふら?」

「あら、子どものころ、用水路なんかにいたでしょ」

と、いわれても、覚えていないからしかたありません。水の嵩《かさ》が減ったところで、

「それですよ、ほら、底のほうで、うようよしてるでしょ」

それ、って、あれ。確かにうようよはしてたんですが、でも、拍子抜けでした。蛆とは違って、かわいいもんです。茶渋がついて汚れたときのプラスチックの湯飲みの色でしょうか、大きさはまだ幼虫でも赤ちゃんなのか、三、四ミリというほどのものでした。

「かわいい、じゃありませんよ。これ、全部、蚊になるのよ」

そうでした。始末をするしかありません。蚊の養殖をするつもりはありません。

きれいに洗って、その日はお天気がよかったので、乾かすことにしました。

そのあとは、天地を逆にして、雨が溜まらないようにして置きなさい、というのが母の知恵だったのですが、そうすると裏庭とはいえ、景色にならないものですから、後日、ガラスの天板をのせ、ちょっとした小テーブルのような設《しつら》いにしました。

余談ですが、まあ、もったいないわね、と母。どうせ誰も見ないのに、というわけ

です。そうなんですが、でも、この私が見ます、と、思ったとき、私の町家暮らしの室礼《しつらい》は、客人のためというより、私自身のため、というのが尺度になっていることに、気づいたのでした。この家では私がもてなす側の亭主であり、正客《しょうきゃく》でもある。

京都では常に私はお客さん、という意識があるのだと思います。

さて、ガラスの天板をのせた火鉢ですが、せっかくだからと、裏庭の北東の角に置きました。一応、私としては、北東を外している、という見立てです。

京都ではこの方位は鬼門なんです。その南西が裏鬼門。面白いなあと思います。ここに来る前に、三カ月だけ借りていた町家には、この方位の隅切りがしてありました。京都御所の築地塀《ついじべい》もそうです。北東は隅切りがされています。そして猿（像）がいる。鬼が去る、とかけてあるのです。この京の鬼門をお守りしてくれてるのが、比叡山なんだそうです。これをきいたときは胸がはずみました。比叡山は、うちの二階の縁側に立つと、よく見えるのです。そうか、あのお山は、うちを守ってくれてはるのか。せやったら、中京に住んでたころより、ぐっと近くに見えるんやから、大丈夫やな、とその方位を確かめて、すぐさま後悔をしました。よけいなことでした。

「今出川《いまでがわ》（人によっては北大路）、越えたら、京都やない」

という意味がわかったような気がしました。

比叡のお山は、洛北のわが家では、東北東に鎮座しておられました。

鬼門だなんて、そんな迷信を、とお思いになりますか。私も思います。

京都でのお客さんの私は、都合のいいところだけ、面白がって信じている。

とにかく私は古いものが好きで、石仏といわれるものにも興味があるのです。ある老舗旅館の客間から、ガラス越しの坪庭に、侘《わ》びた石仏を見たときの、風情が忘れられず、ここ一、二年のあいだ、骨董屋さんを通して、捜しておりました。ところが、いざほしい、と思うと、こういうものはなかなか見つからないものなのですね。

　そうこうしているうちに、その骨董屋さんが家を増築することになり、

「うちのでよかったら、もろてくれはりませんか」

と、ありがたいお申し出です。その骨董屋さんも、坪庭に石仏を置いてあったのです。もちろんこちらに異論があろうはずもありません、二つ返事です。

　ところがです、それを聞きつけた中京の友人が、あかん、と。

「こんなん、いうたら、東京のお人には、笑われるかもしれへんけど、お地蔵さん、飾るやなんて、やめたほうがいい。もし、どうしても、といわはんのやったら、お正《しょう》

念《ね》さん、抜かなあかん。お寺さんにちゃんと来てもろて……」

私が、はあ、とか、ふん、とか気のない返事をしていたからでしょう。

「いや、わかる、そういうのん、信じはらへんのは。せやけど、うちのお義父さんまで、えらい心配しはってな。麻生さんに、なんぞのことが起こってからでは遅い、おまえがきちんというてあげなあかん、とこういわはんねん。××さん、知ってるか。あそこもそんなしはってな、そしたら、すぐにおばあさんが亡くならはって。いや、縁起でもないこと、いうてしまうけど、ほんまやねん。京都には、こんな話、いっぱいあんねん」

京都の人はお地蔵さんと、親しい関係にあります。仲良しです。私が前、住んでいるところにもあって、地《じ》の人たちは、朝な夕な、拝んでいました。毎年、縁日の八月二十四日には、小さな祠《ほこら》からお出ましになって、子どもらと遊んでくれはるんやそうです。これが京都で有名な地蔵盆。夜にはお坊さんに来てもらい、子どもたちは輪になって、お経に合わせて、長い、長いお数珠をまわします。これが百万遍《ひゃくまんべん》やとききました。

それでも昨今、せっかく子どもらを守ってくださっているそのお地蔵さんを、道路拡張する、ビルを建てる、というようなことで、動かさんならんことがある。「もちろん、そんなん、お正念さんを抜いてからや。せやなかったら、その町内にバチが当たる」

動かしたあとは、またお正念さんを入れて、お祀りをするのだそうです。

そこまでいわれると、さすがに信仰を持たない私も、迷いました。信じる、信じないということではなく、そんなふうにお義父さんまでが心配してくれている、その心根をありがたいと思いました。それを無にしてはあかん、ことによっては、お寺さんにきてもらわんならんやろなあ、という覚悟で、その骨董屋さんに、電話を入れました。

「そんなん、麻生さん、うちが買うまえに抜かれてますよ。お寺さんを呼んで、抜いたかどうかまでは知りませんけどね。これ、まちなかにあったもんと違て、うちも同業の人から買うたわけやし。せやけど、京都やなあ。あ、僕は京都、違いますよ。こういう商売してるもんは、案外、よそのもんが多いんです」

ほっとしました。友人にもそう伝え、ことなきを得ました。

京都では、ビルが林立する二十一世紀の大路であっても、赤い涎《よだれ》かけをしたお地蔵さんの祠をよく見かけます。京都はパリに似ている、とよくいわれますが、私はパよりバ、神々の島とよばれ、まちのいたるところに祠が見られる、バリ島に、ふと、この古都を重ねることが多いのです。同じ人間である観光客より、神さま、仏さま、お地蔵さま、そういう「たま」とのつきあいのほうが、よほど親密であるように感じられます。

夏座敷や、バリ島の景色の、あの濃密な陰影には、「たま」の存在を信じさせるような、気配がある。だからでしょうか、京都の好きな人に、バリ島の嫌いな人はいない、ときいたことがあります。根拠は知りませんが、ご多分に洩れず、この私もそうです。

去年、蚊帳を吊ったときに、唐突に思い出されたのが、バリの天蓋付きベッドでした。昼下がりでしたから、そこには白い陰影ができあがりました。うちの二階の寝室は漆の板張り、そこに寝台だけをポツンと置いてあります。ここに特注の、本麻の蚊帳を吊りました。上は白、そこから床に向かってだんだん水色になっていく、というものです。

六畳の四隅から吊られた蚊帳のなかにすっぽりと入り込んだ寝台は、さながらバリで泊まったクイーンサイズの天蓋付きのベッドでした。片側をしゅるしゅると巻き上げ、ピンで留めたときの景色は、誰が見ても、日本のそれではありません。

夏のあいだはブラインド代わりの紋紙《もんがみ》を、白絹の暖簾《のれん》にかけかえます。

二階の深い軒には、半間の長さの簾が下ろされています。そこから差し込むのは、濾過されたような淡い夏の光です。それを丹後ちりめんの白絹が泡立て、水色の麻が抱き留める、という構図です。白いシーツにはゆらゆらと夏がこぼれます。

ヘッドボードの向こうには、明かり取りの下地窓《したじまど》。足元には丸桟戸《まるさんど》。壁は京壁ですから、バリ風や洋風に改装しているわけではありません。それどころか町家そのものです。

なのに、ベッドという西洋が、アジアの京都とバリを結び付けているのです。

もう十年くらい前のことになりますが、バカンスをとった私はバリの天蓋付きベッドの上で、プライヴェート・プールで泳ぐこともなく、ひたすらその白いチュールの海に、本を浮かべ、一日を過ごしていました。そのとき、読んでいたのが『愛人』というM・デュラスの小説だったからかもしれませんが、この天蓋付きのベッドというのは、植民地として支配していた西の国の人たちにとっては、蚊帳の代わりをしてたんだろうなあ、と思ったのです。あちらの人たちにとっては、東南アジアはまったくの異文化です。異邦人として、母国へ帰りたいと念じることもあったでしょう。ただ、天蓋付きのベッドにいるときだけは、白い陰影の洗礼を受け、そういった現実から、逃れられたのではないか——。

そんなところまで、想像は膨らんでいったのでした。

それはいま、京都での私につながるものがあります。

昼下がりの蚊帳の下は、私だけの聖域です。

うちの蚊帳は寝具ではなく、夏座敷という見立てのもと、吊りっぱなしにしてしまいました。この家のお正客である私が、それを望んだからです。

ですから、うちに遊びに見えた方を、夏場、二階にご案内すると、この蚊帳のベッドまでご披露してしまうことになります。私の母は、

「蚊帳は寝るときだけ吊るものよ。じゃないと、埃がたまるでしょう」

と、いい顔をしませんでしたが、東京からの若いお客さまは、そもそも蚊帳を見たことがありませんから、興味津々です。さわってみる人、めくってみる人、そのなかに、

「わー、かわいい。東南アジアの京都みたい」

とおっしゃった方がいて、あ、そのことば、いただきだな、と思ったのでした。

そのとき、ちょうど風が入ってき、白絹の暖簾が大きくはためきました。

「あ、風が入るんですね。夜もこのままなんですか。涼しそう」

その人は、大きな二重の目を輝かせるのでした。涼しそうと涼しいは違うのよ、といおうとして、そのことばをそっと呑み込み、東南アジアの京都のお返しに、

「こういう風を、京都では、極楽のあまり風っていうんだって」

と、教えてあげたのでした。

冬の章

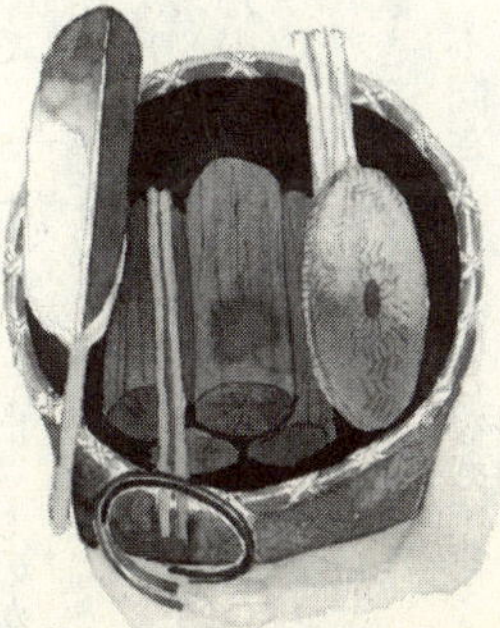

暮らしの音

風花《かざはな》と呼んでいいのでしょうか。手洗いに出た外廊下で、庭にはらはら白いものが飛んでいるのを、今しがた、見たところです。今夜も冷え込みそうです。

おとなりさんたちはもうお休みのようで、窓はすっかり闇に紛れていました。外廊下の硝子戸は、両手でそっと閉めたつもりだったのに、がらがら、という音は上へ弾んでいったような気がします。近所迷惑だとは思うのですが、この手洗いばっかりは、我慢というわけにはいきません。夜更けまで起きていることが、そもそも、こういう軒先を突き合わせて建っているような家では、不向きということなのでしょうね。

それにしても、日本家屋、とくに町家とよばれるような家の建具の多さときたら、家の十二単《じゅうにひとえ》のようなものです。部屋が通路の代わりも兼ねてますから、いちばん奥の手洗いにいくまでには、こんな小さな家でも、開《あ》け閉《た》て、開け閉ての繰り返しです。さっき数えてみましたら、二階の書斎から、このお手洗いまでには、二階の襖、階段への開き戸、階段から一階への丸桟戸《まるさんど》、居間への硝子戸、回り縁への雪見障子、外廊下への硝子戸、お手洗いへの引戸、合わせると七回の開け閉てをした勘定になりました。

静かにしようにも、急いでいると、なかなかそうもいきません。襖はいい、板戸(丸桟戸)もまあ、なんとかなります、ところがこの家にはハイカラな硝子戸が入っている。これがちと塩梅が悪い。昭和のはじめに、ここを建てた人も、ああ、これは失敗だったと思ったかもしれません。重たい、力が入る、硝子が鳴る。

七十年間、それが繰り返された結果、硝子戸の敷居は溝があきらかに減っています。おまけにいつのころかわかりませんが、この敷居、白蟻の棲処だったことがあるようで、あばただらけです。もう建付けが悪いなんてもんじゃない。どんなに所作がうまくたって、どんなに静かにしようと心がけたって、つっかかるもんはつっかかる。しかし、そこで先手を打つ。つっかかる前に、戸をひょいと持ち上げて、そろりと動かす。コツです。

もちろんそれでも硝子は鳴りますが、遠慮がちな音しかたてません。

それにしても、木造の家というのは、木琴やバイオリンのようなもので、音を、木とそこにある空気が大きく響かせてしまう。昔の人がしとやかだったのは、そのへんだな、と思いました。三世代同居があたりまえの時代なら、階下に年寄りが寝込んでいるなんてことはよくあることで、摺《す》り足でしずしずと歩くのも、必要に迫られてのこと。女らしく、美しく、だけでは、なかったなと思うのです。

もちろん私が育ったのは、典型的な核家族。そういう躾《しつけ》はあまりされてません。踵からどんと下ろして歩く。しかし、マンションでは、それでうるさいといわれることもなかったのですが、ここへ移り住んでは、そうもいかなくなりました。

階段がとくにうるさい、らしい。木の階段、その下は押し入れです。木琴状態になる。自分よりも、下にいる人間のほうに、わが足音は流れいく。居間に夫がいると、

「もうちょっと静かに歩けへんのか。運動センスがない」

と、文句が出る。

さすがに寝静まってからは、爪先立って下りるようにしてますが、踏み面《づら》が足のサイズに満たない階段で、爪先立って下りるというのは、至難の業。お世辞にも運動センスはいい、とはいえない身です。寝室が二階で幸いでした。

猫でさえ、階段を下りるときは、とっとと、と調子のいい音が響く。

これが古民家というものか、と思います。京都においても、町家暮らしですというと、まず寒いでしょう、という訊かれ方ですが、私がいっとうはじめにまいったなと思ったのは、何を隠そう、この音でした。

一年で、だいぶしとやか、しなやかになったと思います。

しかし足音はまだ努力でなんとかなりますが、お手洗いに行くにも、七回の戸の開け閉てです。先手を打っても、木も生きてますから、はげしくつっかかることがある。

うわっ、というほどの音が出ることがあるのです。

ひやっとします。瞬間、その方向を見やってしまう。これももう条件反射です。

あの日の「静かな声」はずっと光っている、というわけです。

「麻生さん、麻生さん、夜は寝てください」

前作『京都で町家に出会った。』をお読みになってない方に補足しておきますと、引っ越しまでに、ここの改修工事が間に合わなかったのです。そこで毎夜、夫とふたり、ごそごそと内職（床張り、腰紙張り、柿渋の和紙張りなどの作業）に励んでいたのですが、つい度を越してしまった、真夜中にまで、それが及んでしまったのです。

そして静かに、声は降ってきた。

「麻生さん、麻生さん、夜は寝てください」

座敷庭の上から、隣家の窓の内側から、その声は外廊下の夫のもとまで届きました。不慣れでした。こんなに音がまわるとは予想もしていませんでした。

あの声の使い方は、この静寂の強さを知ってる人です。静かな声だったからこそ、こんな小さな声まで丸聞こえなんだ、と私たちはしゅんとしたのです。

頭のよさを感じました。大人だ、京都だ、と感じ入りました。

未だに、その声の主はわからないまま。呑気なふりをさせてもらっています。

その後、声が落ちてきたことはありません。でも、こんな家ですから、うるさく感じるときはあると思うのです。ただ、隣人として我慢してくださっている。

勝手に、想像すると、こんなところでしょうか。

相変わらず、あの家は夜、起きたはりますね。
せやけど、前より気にしたはるみたいやし。
そうですね。ただ、ご主人の声、よう通らはるでしょ。
お手洗いもよう行かはる。あんな寒いのに、夜中、ようお手洗いに行かはるわ。
がらがら、とっとっと、さー、で、あ、麻生さん、お手洗い、行かはった……。
夜中じゅう、電気ついてんのに、たまに朝の七時ごろから、洗濯機、まわってるし。
そうですね。朝といわず、晩といわず、掃除機もようかけたはる。
夜、雑巾がけ、したはったりしますよ。
それまできこえるんですか。
いや、それは見えたんです。

それにしても、静かな夜更けです。犬の遠吠えさえきこえません。犬も、もの音がしなければ、吠えることもない、ということなのでしょうか。

ここは左京区の下鴨《しもがも》とよばれるところ、あたりには昭和初期に建てられた、お屋敷、あるいは洋館といった建物が点在します。コンクリートの家は「音」を跳ね返しますが、こういう木造家屋は不必要な「物音」を受け入れる度量を持つ。鬱蒼《うっそう》とした庭木や、生け垣、下草も同じです。おかげで、三筋ほどいけば、片側が二車線もあるような道路に出るのですが、クルマの音も滅多なことでは、ここまで到達しない。

夜も十時を過ぎると、ぱたりと音がなくなるのには、驚きました。

テレビをつけているうちはいいのですが、それを消すと、その静寂は耳にひたっと迫ってきます。最初のうちは、夫がいないと、いきおい怖くて、

「何時に帰ってくる?」

と、たびたび電話を入れ、ひたすら迷惑がられておりました。

となりの路地を歩く音と、うちの通り庭を歩く音の差がつかめずに、そのたびに、

「どろぼう?」

と、身が縮んだりもしました。いまだからいえますが、越してひと月ほど、通りに面した茶室には鍵がついていなかった。サトさんの町家から運び出した硝子戸が、ここにぴたりと合い、差替えたまではよかったのですが、この建具、鍵がついていなかったのです。

私の度重なる催促にも、

「手配するする。だけど、どんなに鍵をつけても、泥棒に狙われたら、同じだからね。硝子を割ったら、一発なんだからさ。それに、どうせ、入るんやったら、向こうもプロ、利潤を追求する、もっと豪邸に入るて。だいたいうち、盗られるもん、あるか？」

ない。ですが、相手は泥棒です、常人じゃない、豪邸より、質素な家の、ささいなものを盗みたい、という変わり者もいるかもしれない。

「ない、ない」

丸桟戸などの古い建具を入れてもらった「井川建具店」さんが、そういう昔の鍵をつけてくれることを知り、急いで和鉄のしっかりした鍵をつけていただきました。

それでも夜更け、何かの拍子で硝子戸がどーんと鳴ると、ひやっとします。あわてて、庭に目をこらすと、棕櫚《しゅろ》竹《ちく》がさわさわと揺れている。風のしわざです。風と判れば、ひと安心はしますが、これが台風ともなると、硝子が割れるのではないか、とまたひやひやとします。風だって、怖いのです。地震はもっと怖い。まず、音がきます。地鳴りがし、硝子戸がさざめき、おや、と思っていると、急ブレーキをかけたときのような揺れがぐらっとくる。木がしなる感じが、けっこう生々しく伝わってきます。

ところが、実際はさほど揺れていないとみえて、頭上を見上げても、天井から吊り下げている照明器具は、房がひょろろと動いている程度。速報では震度3。はあ、これでそうなら、震度4、5がきたら、さぞかしすごいんだろうなあ、と妙な覚悟ができました。

地震、雷、火事、おやじ。私が子どものころは、まだこのことば、生きていたように思います。が、この暮らしをはじめてから、復活です。ただし、地震、雷、火事、泥棒。

でも、こんな家ですから、不審な音がしたなら、ぎゃー、とひと声。いえ、叫べなくても、それこそ小さな声の「助けて」でも、きこえるのは実証ずみです。一一〇番通報はしてくれるでしょう。

そのためには派手な夫婦喧嘩は慎まないと。

この家に越してきてからは、私、大声を出さなくなりました。

ですが、音の窮屈さからくるストレスというのは、今のところ自覚はありません。進行性難聴の私にとっては、こういう家のほうが逆にありがたいのです。消えかかっていた音、暮らしの音が、ここではきこえるからです。足音や硝子の鳴る音もそうですが、煮炊きする音、きものの衣擦《きぬず》れの音、炭火の音、どれも、なつかしくやさしい音でした。

甦ったのは、この家にエアコンがないせいもあります。

あの、低音のごーという音、あれがすると、そこに重なる繊細な音は消えてしまう、話し声もそうです、いきおい子音がきこえなくなる。ちなみに私は、現在、高い音のほとんどを失っていて、たとえば街中では、救急車はピー……ピー……ときこえる。高いほうのポーがきこえません。携帯電話もマナーモードの振動音はきこえますが、呼び出し音はきこえない。ただ、この家だと戻ってくる音があるのです。

今、原稿を打つ手を休めると、火鉢にかけた鉄瓶の湯気の音が調子よく、きこえてきます。しゅんしゅん、というより、鉄瓶だからでしょうか、もう少し、響きのある音。ほうほうほう、とでもいうような、音程のとれる楽音に近いものです。

その音は、ソとラの間をゆらぎながら、行ったり来たりしています。

私、絶対音感があったものですから（いえ、今もあるんでしょうが、きこえる音でもピアノで確かめると、これが見事にズレている。倍音がきこえないせいかと思ったりもするのですが、どうなのでしょう）、楽音には階名のルビをふってしまうんです。

あらためて、耳を澄ましてみると、こういう家には、心のクスリになるような、心地いい音があふれていることに気づきます。それらはどれも静かで、決してかん高くはない。昔はこういう音ばかりだったのですよね。

ところがいま、時代に乗った暮らしを受け入れるなら、ほどほどの都会でも、音の洪水です。私にはもうきこえない音ですが、家電というのはエラーやスイッチがOFFになると、ピピピとお知らせ音がするでしょう。電話、携帯電話、インターフォンの呼び出し音もあります。これらの音は、気づかせるための音ですから、もともと心になじまないように作られている。だからイライラします。そこに加えて、エアコンや冷蔵庫のモーター音、耳ざわりです。キレやすい人が増えたのは、音のせいもあるはずです。

なんでも昔はよかった、ということはできません。ただ、昔もよかった。別の意味で、すごく快適で、便利な暮らしがあった、そう思うのです。

幸田文さんの小説に『台所のおと』という短編があります。病床にある男が、妻の台所の音をきいている。この男は料理人なだけに、その水音で妻が洗っているのが、京菜ではなく、ほうれん草、それも一把ではなく二把とあたりがつく。これが臥《ふ》せっている男の唯一の気晴らし。やがて包丁の音が冴えなくなってきた、遠慮っぽい音になってきた、まるで姑に隠れてこそやっているような音だ、おまえ、神経がまいっているんじゃないか、と男は妻に質《ただ》します。妻はぎくりとします。

いい夫婦です。きこうとしている、きかせまいとしている。

きこえる音より、きく音、きこうとする心です。

それが、昔の暮らしにはあった。

それは間違いなく、昔がよかったところでしょう。

そうはいっても、麻生さん、きこえる音もきこえたほうがいいでしょう、手術したら治りますよ、とか、東洋医学で治す名医を知っているが、と心配して教えてくださる方もあります。けれど、私はこの低音しかきこえないという聴覚が、ちょっと気に入っているのです。おかげで得られたものもあります。静けさ。きく音、きこうとする心。

それにきかせまいとする心が加わっての、この町家暮らしなのです。

祇園の人

一月、大雪注意報が出た日は、ちらつくくらいだったのに、その日は、ああ、きれい、と、喜んでいるうちに、しっかり積もったから驚きました。雪化粧の庭を見ながら、うたた寝をし、さあてと、起きたときには、割れた雨樋《あまどい》から、雫《しずく》がつーっ、つーっと落ちている。京都は雪までやわらかい。味わっているうちにとけてしまう。はかない雪です。そのとき、行こうと思いました。

「こんななか、出かけんのん、明日にしたら」

夫はいいましたが、今日を逃したら、きっともう逢えない、胸にくるものがありました。

出かけた先は京大病院です。祇園の人のお見舞いでした。

東京にいるころ、友人たちのお茶屋遊びに、紅一点でときどき混ぜてもらうことがありました。新幹線に乗って、十人くらいの京都旅行。さながら大人の修学旅行です。祇園の人、というのは、そのお茶屋のおかあさんのことで、新幹線の八条口《はちじようぐち》まで、お迎えに来てくださるのが常でした。もちろんお茶屋さんで遊ぶだけではありません、昼間はその季節おりおりの、京都観光です、舞妓《まいこ》さん、芸妓《げいこ》さんを引き連れて、春のころなら醍醐《だいご》寺《じ》の枝垂《しだ》れ桜、紅葉のころなら保津《ほづ》川《がわ》下り――、思えばいろんなところに行ったものです。それらの一切合切、手配してくれていたのが、そのおかあさんでした。

事始めのころでしたか、東京の友人に会ったら、

「末期らしいんだよね。年内、もつかもたないかってとこらしい」

と、言うではありませんか。

「でも、本人は知らないからさ、あんまり僕らが大げさに見舞うと、その一文字を疑うだろう？　とりあえず連名で花を送ったけど、麻生さんは、京都に住んじゃってる

からなあ。ま、見舞うかどうか、そのへんのところの判断は任せるよ」

どうしたものかと思いました。京都に来てからは、すっかりご縁は薄くなっていました。その一文字があってもなくても、大病なら、ご縁の薄いものは、遠慮するのが筋でしょう。かえって迷惑になります。やつれた姿は誰しも晒《さら》したくないものです。

結局、遠慮をすることにし、お嬢さんに、見舞いの気持ちだけ言い伝えました。

ところがその日、『ぎをん』という祇園のPR誌が送られてきました。雪をはらって、なかをあらためると、そうでした、夏前に渡した原稿でしたので、忘れていたのですが、ここからエッセイの依頼を受け、節分の日のお化けの話を書いたところ、先方から、だったら春号に掲載させてください、という申し出をうけたのです。

その春号でした。

今からもう十年くらい前のことになるが、私は作曲家の友人たちの京都遊びに、ときどき無理を言って、加えてもらっていた。

ときは節分。例年、この節分の日は、祇園ではお化けなる遊びをするという。

今回は、友人たち中年組はお姫さまや腰元《こしもと》などに化け、私は殿さま、つまり大奥という趣向だ、と言うのである。なんだかよくわからぬが、これ、著しく不公平ではないか。

「丁髷《ちょんまげ》だなんて、いやだ。私もきれいどころに化けたい」

と、訴えた。ところが、

「だめ。ただのコスプレじゃねーんだからさ。舞妓体験なんとか、っていうのとは違うんだよ。いいか、これは京都に昔から伝わる、節分の日の慣習なんだよ。どういうものかって？　はいはい、ご説明いたしますよ。この日、男が女に化けたりさ、女が男、ばあさんが生娘、そういう自分じゃないものに化けて、鬼がつかないようにするんだよな。鬼は外、福は内、表はこの日、追い出された鬼でいっぱいだろ。

麻生さんが生まれたころくらいまでは、花街だけじゃなく、京都のどこでもやってたっていうんだから、京都はやっぱりすげーよな。

な。これはお遊び、祇園のお遊びなんだから、麻生さんがお姫さまに化けたって、面白くもなんともねーだろ。そのかわり、殿さまなんだから、俺たちをセクハラしてもいいからさ」

わかったような、わからんような。

しかし、京都の慣習というなら、従うしかない。前日に京都に入って、鬘合《かつら》わせまでしたんだから、遊びとはいえ、かなりの気合が入っていた。

さて当日は、昼過ぎから髪結いさんの二階に上がり、お支度である。鬘を被るから、頭は手拭いで小さくまとめる。鬢付《びんつ》け油を顔に塗って、その上から水で溶いた白粉《おしろい》を刷毛で、顔を塗りつぶしていく。いわゆる白塗りである。ちらと友人たちに目をやれば、もうこのあたりで充分に、お化け、化けもん。が、眉や目を描き込んでいくうちに、どんどんお化けになる組と、美しく化ける組の、二派に分かれたぞ。

必ずしも、美男が美人にならないのも面白い。そして男も醜いと僻《ひが》むのである。

「ちぇっ。おまえの腰元、いけるなあ。色っぽいよ。それに比べ、この俺の無様なこと。俺って、下膨《しもぶく》れなんだな」

「いや、僕は好みですよ。うふ」

「よせよ。あら、やめてー」

すでに、壊れている。

「お、麻生さん、凜々《りり》しいね。似合うよ。いよっ、若殿」

　大女の姫や腰元に、殿は埋もれながら、まずは八坂《やさか》さん（祇園さん、ともいうようだが、八坂神社のこと）にお参りである。まるで市中、引回しの刑にあったが如し。恥ずかしい。通りがかりの外人さんたちが、マジメな顔して、シャッターを切っている。本国に帰り、こんな化け物を、これがゲイシャであるぞ、などと説明されては、日本の恥である、説明したほうがいいかな、などと、殿が国を憂えておるのに、バカな女どもは、カメラに向かって、ピースサインなんか出しおって。

「これこれ、そのほうたち、よさぬか」

　すっかり心まで、殿になりきっている。人は装いでここまで変わるか。

　さて、市中、引回しのあとは、いよいよお座敷デビューである。「近江作《おうみさく》」さんの二階にどたどたと上がっていくと、お客さんは全員、女。それはいいのだが、

「あれ。森さん。ご無沙汰しています」

　お客さんのなかに、作家の森瑤子さんの姿を見つけ、素《す》の私が思わず声をかけてしまったのだが、なりは「殿」である。呼ばれた森さんは、目を白黒させてい

る。そのうち殿に従っていた化け女たちも、

「おお、森さんか。俺だよ、俺」

「誰？」

「俺だよ」

「森さん、アソウケイコです」

えー、なんなの、と気づいたとたんに、大受けである。

ほとんど全員が、たがいに面識があったのだから、無理もない。

「いやだ、きれいどころが来るっていうから、楽しみにしてたのに、あなたたちなの。お花代、あなたたちに払うの？　いやだわ」

「頼むよ。俺たち、これで生活しちゃってんだからさ」

そんなバカな。

「あの、そろそろ次へ」

階下のおかあさんから声がかかった。そうだった。売れっ子の私たちは、次のお座敷が待っていた、というのは嘘である。たぶんそのあとは本物のきれいどころが現れたことと思う。

そして私たちはいざ飲みに行かん。

「もらっちまったよ。ご祝儀」

その夜の飲み代に消えたのは言うまでもない。

鬼は外、福は内。

森さんも、あの夜、殿さまに化けていれば、今もお元気でらしたのか。一千年京都に問うてみるが、答えは風に吹かれている。


こうやって思い出すと、おかあさん、見えないところに細かな心配りをする人であったことが、くっきり浮かび上がってきます。また思い出すと、森さんにはお別れができないままでした。入院なさる少し前です、オーチャードホールで偶然、お目にかかり、あら、元気？　と声をかけていただいたのが、最後になりました。

『ぎをん』をバッグに入れ、コートを引っかけました。

これを届けるということにすれば、突然の見舞いも不都合なことはありません。

唯一の心配は、よほど差し迫った容体になっていたら、ということでした。

ところが病室のドアを開けると、おかあさんはベッドに腰かけながら、お嬢さんと話をなさっているところでした。やつれてもいない。きれいなままです。かわいい羊柄の春色のパジャマにカシミアのひざ掛け。あとから伺うと、同じ柄のパジャマを色違いで三枚、用意なさったのだとか。いつもはおきものでしたから、よほどお若くみえます。傘寿《さんじゅ》を過ぎておられるはずなのに、おばあさん、というより、文字通りおかあさんです。

頬に管は這わされていましたが、会話は差し支えないように見えました。さっそく『ぎをん』の、そのページを開いて、お渡ししました。おかあさんは、膝の上にのせて、ほっそりとした指で、タイトルと名前をなぞりながら、

「そうどしたなあ」

と、思い起こしてくださっている様子です。

お嬢さんも加わり、ああ、あの人は腰元さん、何々さんはお姫さまをやらはった、と、お客さんの名前がすっと出てくる。これが祇園の人かとうれしくなりました。

横にならなくていいんですか、と言えば、

「おかあさん、いやや、言わはんねん」

お嬢さんの話では、昼間から寝ているのは、冥加《みょうが》が悪いと、毎日、気力でベッドに

腰かけているのだそうです。髪もきちんとまとめられていました。

個室のテーブルには、友人たちからの立派な花籠が飾られていました。

「梅の花が入ってる」

「そのお花、二度目なんです」

と、お嬢さん。これには少し、驚きました。友人たちの心配り、見直しました。一《いち》見《げん》さん、どうこうと、よく言われることですが、でも、おなじみさんとしかお商売をしないからこそ、こういう信頼関係も築けるのでしょう。私は逆に一見さんお断りの、あたたかみを感じます。

積もる話がありました。話はずいぶん弾みました。

京都に移り住むまでは、このお茶屋さんのおかあさんが、私の京都の玄関でした。ここから私の京都ははじまったのです。

「もう五年になるんです」

そのイントネーションが京訛だったのか、

「ああ、麻生さん、京都弁にならはって」

おかあさんは目を細めてくれました。

お医者さまの回診をしおに、病室をあとにしましたが、ずいぶん長居をしてしまい、ああ、お疲れがでなければいいが、と後々、気になってしまいました。

節分が過ぎたころ、おかあさんは息を引きとられました。

「大往生です、すーすーと眠るようにして逝きました。麻生さんが来てくれはったときには、まだしんどうても、起きてましたでしょう。あれができなくなったら、あかんやろうなと思てたんですけど、やはりそうどした。大往生でした」

毅然と、崩れることなく、おかあさんは祇園の人として、ご自分の人生を全《まっと》うなさった、気概というものをお持ちでした。

お通夜に寄せていただきました。表には祇園の舞妓さん、芸妓さん一同からの、お花が、いけ花のように飾られ、わびた風情を見せてい、さすが粋だと思いました。京都のお葬式は青竹《あおたけ》を使うせいか、しめやかななかにも、救いが感じられます。なじみの芸妓さんたちが、きびきびと裏方を手伝う姿も、あたたかなものを感じました。

お焼香をすませ、おかあさんの遺影に合掌し、花見小路《はなみこうじ》に出ると、おお、寒い。見上げると、その日は星が降っているのでした。

底冷え

東京育ちの人が、日脚のつまりきったころに京都にやってきて、どこだかの茶室に通されました。その人は茶室ときいて、これは寒いな、と覚悟はしたといいます。

茶室というのは壁も、畳も薄く、華奢《きゃしゃ》に建てられます。真冬の時分に、私も大徳寺《だいとくじ》の塔頭《たっちゅう》にある茶室に上がらせていただいたことがありますが、もとより茶室の見学、火が入っているわけではありません。そっとさわった床柱の冷たさは忘れられません。花は野にあるように生けよというわけですから、茶室も冬をあるがままに受け入れよ、ということでしょう。断熱材や床暖房を入れようなどとは、茶人なら誰も考えない。

その人も私と同様、お茶はまったく不調法ですが、一服差し上げたい、といわれたときから、こりゃ、しまったな、と思ったのだそうです。ダウンのコートの下はまったくの薄着だったからです。都会の人なら、みなこういう恰好でしょう。むしろそうじゃないと、どこも暖房が効いていますから、真冬に汗をかくことになる。

「ところが、あんまり寒くなかったんだ」

まず、その耳に釜がたぎる音が入ってき、目では真っ白な湯気をとらえました。明《あかり》障子《しょうじ》からは、真綿のような日差しが透けてみえます。にじり口がまさか人が出入りするところとは思わなかったという人です。ですから、すべてが新鮮だったようでした。

どんなにその茶室がよかったかを語ってくれます。

「壁がいいんだよ。黒くムラになってて、そこに藁《わら》みたいなものが混じっててさ、味があるんだ。真っ昼間なのに、ちょっと暗くてさ、谷崎潤一郎の『陰翳禮讃』の世界なんだ、ま、ちゃんと読んだことはないんだけどね。こういうザ・京都というところに来ると、僕も日本人だってことを自覚するね。琴線《きんせん》にふれるんだよ。四十歳になるまでは、畳の部屋なんかいらないと思ってたんだけどさ、うちも一部屋くらいは畳の部屋をつくっときゃよかったな、ごろ寝もできるし、インテリアとしても完成されてるしなあ。――とかってさ、感動してたんだけどさ、やっぱり寒いもんは寒い、足は痛いしさ。これを現代の日常生活に取り入れるのは、あまりに実用的じゃないな、と悟ったってわけさ」

「ずっと足をくずさず、かしこまってたんですか」

「いや。ごそごそとやってたら、おらくにどうぞ、とかっていわれたもんで、胡座《あぐら》をかかせてもらったんだけどさ。それでケツから冷えたということはあるね。畳がさ、冷てーんだよ。脇腹から背中のあたりがぶるっとふるえたからね。そんな作法はどうでもいいから、早く一杯、飲ませてくれ、って感じだったね」

「でも、お茶、おいしかったでしょ」

「あったまったね。菓子もうまかったね。甘くなくて。こういうのは、やっぱり京都だよな。ただささ、その家の主人も、いかにも京都なんだよ。こっちが寒さでふるえてるのにさ、平然としてるんだ。きものってのはあったかいらしいね」

まあ、きものがどうというより、気構え、慣れというのもあるでしょうし、

「茶釜のそばは、あったかいと思う。火が入ってるんだから」

お茶はたしなみませんが、炭のあたたかさは知っていましたから、そう答えました。

「そうはいっても、炭なんかたかが知れてるだろう。まあ、その人なんか、生粋の京男だからさ、慣れてるんだと思うけど、麻生さん、よくがんばってるね」

と、いうのです。

「京都で暮らすだけでもたいへんだろうに、町家に引っ越したんだろ。きくところによると、すきまだらけの木造家屋だって。そのうえ、土間だもんなあ。感心するよ。一度、気候のいいころに、遊びに行かせてよ」

「どうぞ、どうぞ。でも、気候のいいときって、ふつうの家とさほど変わるものでもないですからね、どうせなら、真冬、真夏のきわにいかがですか?」

「いかがですかっていわれてもな、寒いのは懲りちまったからなあ。でも、夏場は涼しそうだね。簾なんかが下がっててさ」

ときます。これ、よくいわれることなんです。夏座敷、見た目は涼しいんですけどね。私が大きく首を振ると、

「涼しくない。そうか。あれも目だけか……。うーん」

と、その人は唸ってしまいました。

「節分のころにでもいかがですか」

「で、どのくらい寒いの？」

　こういうときは、いかに寒いかを強調したほうが、訊く人は喜びます。東京と変わらないよ、ではお愛想がなさすぎる。ま、意地悪心もありましたが。

「うち、寝室は暖房を入れてないんですね。だから、朝、起きると、自分の吐く息が白く見えるんです。おはよう、っていうと、目の前に霧ができるんだから、すごいですよ。髪の毛も、鼻の頭も冷えきっている。いえ、ベッドのなかは羽毛ぶとんですし、ぬくぬくなんですよ。ただ、首から上がね、もう別世界。だから朝、起きるのは辛いです。目は覚めてるんですけど、うーん、あと十分、あと五分、となる。だって、起きたら、トイレに行かなきゃならないでしょ。外廊下ですからね、寒いですよ。じゃ、着替えてからにすればいいんだけど、その着替えがね、冷蔵庫で冷やしたみたいになっている。台所なんか、戸棚の中のオリーブオイルとか胡麻油が、凍っちゃうっていうか、白濁するんですよ」

　と、とうとうとご説明、申し上げました。

　いえ、それも本当なんです。

　ただ、いかに京都が底冷えするといっても、北国や雪国とは違います。札幌育ちの京大生がいってましたよ。京都の人が京都を寒いというときには、北海道や東北は端《はな》から、その比較対象に入っていない、と。大阪や尾張、三河に比べたら、ということでしょう。

それと京都の冬というのは、ほんに短い。師走《しわす》、睦月《むつき》、如月《きさらぎ》が冬の月。でも、真冬と呼べそうなのは、睦月から如月のはじめ、節分のころまでのことです。その真冬にしても、氷点下になる日が何日も続くということはありません。三寒四温とはよくいったもので、寒波の波も波のうち、寄せたり返したりする、お天気までもが巧みにできているのです。

でも、そのときは黙っていました。

その人があまりに、私の極寒生活をうれしそうにきいてくれたからです。

「そうか、土間の台所ってのは、オリーブオイルも凍るのか……」

でも、オリーブオイルというのは凝固点が高いらしく、木造家屋なら、東京なんかでも、白濁するときき、さすが温暖な地中海のオイルだな、と思ったことでしたが、これもその人には黙っていました。こうやってまた間違った京都がひとり歩きする。

それにしても、町家暮らしをはじめてから、天気予報はよく見るようになりました。

それも天気は二の次。気になるのは、最低気温と最高気温です。

「この二つの数字に、一喜一憂する日々なんですよ」

と、いえば、

「雅《みやび》だねえ。僕なんか株価で一喜一憂する日々だからね」

笑いながら、まさしくその人と私を象徴しているな、と思ったことでした。

京都の人が季節を大切にするのは、美意識よりもまずは生活に必要だったという気が、このころ、するのです。もとより繊細で、大阪よりちょっと寒いだけで、京都の冬は特別や、と思い込むのが、京都の人です。けれど、それゆえに、兆しを見つけることに長《た》けていた。ほんのちょっと風がやわらかくなっただけで、ああ、もう春や、と思い込む。それだけでは足らず、きものや、うつわといったものに、先取りした季節を纏《まと》わせるのです。

あれはまだ睦月のころでしたが、京都駅の新幹線のホームで、舞妓さんをふたり、連れたおかあさんらしき女の人のきものに、はっとさせられたことがありました。若葉色のきものに、ちらりと覗いた八《は》っ掛《か》けは同色の梅の小紋。ああ、もうじき、春なんだ、とうれしくなりました。いいものを見せてもらったと、これが京都の季節感かと思ったのでした。北野天満宮の梅が見頃になったのは、それからひと月後のことでした。

新暦となり、暦が前倒しになったのも、幸いしています。

今年は三月になってから、京都はすっぽり雪に覆われる日がありました。でも、

「下鴨さんで、ひな流し、見せてもろたあとやし、すぐ解けるやろ」

そんな余裕をもって、二階の窓から、白い庭を眺めておりました。

もちろん、寒かった。ちょうどその日、石油ストーブが使えずに（芯を焦がしてしまったので）、二階の座敷は火鉢だけだったんです。でも、堪えがたい、というほどのものではありませんでした。ダウンのジャケットを着込みはしましたが、それでもエアコンの生活が恋しいとはまったく思いませんでした。

ただ、東京の家に行くと、そこそこには暖房を入れてしまいます。

この築七十年の、京都の町家だからこそ、堪えられる寒さなのですね。

ただ、もちろん寒さがこたえるときもあります。

こういう昔の家というのは、「いる」ことを前提にして建てられています。「留守」を前提には建てられていない。ところがうちは私が月に何度か家を空けるときがありま

す。もとより夫は夜中しかいません。すると家がとたんに不機嫌になる、文字通り、冷たくなるんです。このときの寒さはこたえます。一戸建てならば、みな多かれ少なかれそうなのでしょうが、うちのようなすきまだらけの古民家となれば、一入《ひとしお》です。柱、框《かまち》、床、どこにふれても、ぬくもりなんてものは微塵も感じられません。

ここから家を暖めなおさなければならない。

どのくらい寒いかというと、冷蔵庫を開けると、あ、あたたかい、と感じる。これです。木のぬくもり、なんていうハウスメーカーのコピーがいまいましく浮かんできます。

本当に、ちょっとやそっと、火を入れても、びくともしないのです。

まずはきものを着替えようと思うのですが、その冷蔵庫なみの部屋で脱ぐかと思うと、ちょっと躊躇します。こういうときはやはり文明の利器に縋《すが》ってしまいます。寺《てら》町《まち》の骨董屋さんで仕入れた、昭和二十年代の製品という電気ストーブ。鉄の鋳物でできていて、反射板は銅。いかにもアンティークといった見てくれですが、お金持ちが使っていた贅沢品ですから、省エネも何もあったもんじゃない。ゆえに来客用と決めているのですが、背に腹は代えられません。点火し、この前にでんとすわる。

するともういけません。動けなくなってしまう。

「圭子ちゃん、それじゃ、お地蔵さんだよ」

あとから帰ってきた夫に見つかり、さんざ笑われたことがありました。いや、おばさんがお地蔵さんになってる、といわれたんだ、思い出しました。まったく口が減らない夫です。

冷えた部屋が元に戻るには、石油ストーブを焚いて、半日はかかります。帰宅したら、その勢いがあるうちに、ふだん使いの石油ストーブに火を入れる、炭をおこす、着替える、荷物を片づける、これをとんとんとーんとやってしまわないと、どうにもつらいことになる。怠惰な人には向かない家、というわけです。

「さぶいよー」

何度、お地蔵さんになって、こう唸った、嘆いたことか。

ある日、夫がまたいった。

「圭子ちゃん、そのベスト、焦がしてへんか。裾のところ」

見ると、白のダウンのベストの表面が、うっすら黄色に変色している。ああ、あのときか、と思い当たることがありました。二日ほど、家を空け、帰宅。疲れていたせいもあり、背中にストーブを当てたまま、うずくまってしまった。きものではなくユニクロのダウンでこれ幸いでしたが、ああいう化学繊維というのは熱に弱いことを忘れていました。小学校の家庭科の授業で、ええ、習いました。

しかしそれにしても、焦げているのに何日も気づかず、それを着ていたというのも、まったくのおばさん現象です。これにはさしもの私もメゲました。

以来、帰宅したら火入れ、着替え、片付け、掃除、これを一気にやるくせがつきました。寒いものですから、もう機敏です。するとからだも自力であったまる、と。ああ、よくできているものだなあ、と思ったものでした。

私のように根が怠惰にできている人間は、ほどほどの電化生活で止めておかないと、堕落の一途を辿るぞ、と思い知ったというわけです。実は一畳分のほかほかカーペットというものも、段通《だんつう》の下に隠して用いていたのでしたが、これも廃止しました。理由は言わずもがな。ここでもお地蔵さん（それもでーんと倒れたお地蔵さん）になったからです。

それにしても、昔の女性は偉かったんだな、と思います。日々、それを感じるものですから、常套句のようにそれを口にしていたのでしたが、

「もちろん、それはそうやけど、一概にはいえないところもあるんと違いますやろか」

と、京町家にお住まいの人から、やんわりと正していただくことになりました。すごかったというのは、たとえば私のような家電のズル（いえ、補助ですね）もなく、冷たい水で掃除、洗濯をし、火鉢の火だけで、夜なべをし繕いものをしただろう、ということを指してのことでしたが、その人がいうのです、でもね、麻生さん、と。

「昔は大家族でした、お姑さんにお嫁さん、おばあちゃん、大店《おおだな》でなくとも、女衆《おなごし》さんの一人や二人はいた。わからんことは上のもんに教えてもらえたやろし、できひんことは下のもんに手《て》っ伝《た》わせることもでけた。もちろん水は冷たい、家事も重労働、たいへんやったとは思います。せやけど、どの部屋にも火が入り、走り庭のお竈《くど》さんには、日々、薪《まき》がくべられていた。一度、冬になったら、火が途切れることはなかった、夜更けであっても、竈《かまど》には余熱が残っていただろうと思います。死んだ祖母がいうてました。うちにも大勢の人がいて、お竈さんみんなに火、くべてたときは、今よりなんぼかあたたかかったと。人さんの数の分だけ、あったかかったんやないかと思うんです。私なんかも、ズルでもさせてもらえなんだら、こんな大きな家で二人、三人の生活はようでけしません」

ああ、これもまた京町家が抱える問題のひとつなんだろう、と思ったのでした。

炭遊び

「あら、あったかい」

午後二時にお迎えした人が、意外そうな顔をしています。

「寒い、寒いっていうから、覚悟して来たのよ」

「そうですか、よかった」

もちろんその日も、陽が充分に昇るまでは、蹲《つくばい》には薄氷が張っていました。ですから朝の八時から石油ストーブを焚いて、室温を上げておいたのです。さすがに長火鉢だけでは、そうはいきません。で、直前に、石油ストーブは屏風の後ろに隠した。もちろん朝から、極力、戸の開け閉ては控えていました。その甲斐がありました。ダブル暖房、ここまでやると、がたぴしの古民家でも、あったかくなります。ただ、自分のためには、ここまでやろうとは思わない、ということです。じゃ、お客さんのときはいつもするんですか、といわれそうですが、しません、しません、たまたまやってみた、というか、まあ、一度やってみたかったんです。

世界遺産にもなっているお寺の人から、真冬に天皇・皇后両陛下をお迎えしたときの話をきいたからです。お寺の寒さは、町家の比ではありません。さて、どうする。なんと一週間前から、寺全体をあたためたのだそうです。もちろん夜もです。当然、エアコンなるものはありません。石油ストーブか、ガスストーブか。しかし国宝級の建物です、万が一、火の手が上がってはいけません。そこで謁見の間の周囲には、僧侶たちが入り（ふだんは使用していません）、寝ずの番をしたとききました。もちろん当日、両陛下をお迎えしたときには、すべての暖房器具は払われ、すべてはつつがなく、寺も寺の人も、そして高貴な人も、冬の細長い日差しのなかに、やわらかな語らいとともに、納まったとききました。

「麻生さん、火鉢ってこんなにあたたかいの？」

と、これはうちのお客さま。あっけなく屛風の裏のストーブをバラすと、

「なんだ。でもこの家はストーブまで隠してるの？　徹底してるわね」

「いえいえ。ふだんは、違いますよ」

しかしどうでしょう、屛風がこれほど便利なものだとは思いませんでした。アラジンのような円筒形のストーブなら、熱は上に上がります、で、上からこちら側にもじわーっとやってくる。その逆もあります。六畳間でも屛風で仕切ると、熱効率、よくなるんですよ。などと、さも新たなる発見をしたような気になっていたら、その人がいいました。

「そうよね。屛風って、風を屛《しりぞ》くって書くんですものね」

「へ？　そうなんですか？」

私はてっきり風流な衝立《ついたて》のことかと思っておりました。もともとは室内の風除けのために使われるものなんだそうで、蠟燭を屛風の前に置くのは、そういう理由だったというわけですね。ものを識らないと、いちいち目から鱗《うろこ》が落ちる。昔のものというのは、実用と美がうまい具合に、兼ねそなわっていた、という気がします。

さて、お客さまといっても、取材や撮影でお見えになる人には、あるときからこち

らも完全に開き直りました。というのも、閉め切った六畳のなかで、ちまちまと撮影するわけにもいかず、となりの部屋からレンズを覗くとなれば、真冬でも硝子戸を外すことになる。いくら時間をかけて暖めても、開け放してしまえば、元の木阿弥です。

「あ、寒いですから、閉めたほうがいいですよ」

「いえ、僕ら、ロケで慣れてますから」

あー、ち、違う、今晩、ワタシが寒いの。せっかく柱も天井もあったまってたのに……。はじめのころは、心のなかでは思いっきり、そう嘆いていました。

しかし室内の撮影をロケ（野外撮影）と一緒にされようとは……。でも、確かに長火鉢の撮影などは、寒いほうが湯気がしっかり立ちます。映像になると、これが実にあったかく映るんです。撮影はこういうものと割り切ることにしました。

ある女性スタッフ、膝をついて、かいがいしくセッティングを手伝ってくれていたら、あらら、足の裏にはホカロンが。思わず、

「ごめんなさいね」

と、あやまってしまいました。そうなんです、漆の板張り、これも目にはあたたかいんですが、薄手のストッキングではつらいです。ソックスでも二枚は履かないとぞ

くぞくする。私なんか、三十数年ぶりにしもやけが、足の小指にできてしまいました。あわてて、防寒用ソックス、というものを買いました。が、これ、ダサいんですよね。そんなわけですから、撮影や取材でお見えになった人たちは、京都は寒い、麻生さんちは寒い、という印象しかないんじゃないかと思う、これはちょっと心残りです。ふだんは、もう少し、あたたかい暮らしをしています。

さて、町家に暮らしたら、冬は絶対に長火鉢だ、そう思っていました。ところが一年目、その炭をまずどこで買ったかといえば、DIYのアウトドア・コーナーです。それも暖房に使うというのに、備長炭《びんちょう》。だってね、備長炭しか知らなかったのです。それさえ、あるときまでビチョーズミと読むものだと思っていた。

「なに、も一回、いってみ。ビ、ビチョウ?」

思いっきり、夫にバカにされました。

備長炭はブームです。雑誌などでも、たびたび特集が組まれています。でも記事の内容というのは、これを入れてごはんを炊くとおいしいとか、花瓶に入れると花が長保ちする、脱臭効果がある、電磁波を防ぐ、というような、二次的なものばかりです。本来の使用方法を説明しているものは、まったくないのです。

いこらす、といったって、ガスは強火がいいのか、何分くらいいこらすのか（ここで説明するのもなんですが、いこらすはおこすの関西弁です）。

「適当でいいんじゃない？」

そう、私も思っていました。ところが全体が真っ赤になるくらいまでいこらしてみても、火鉢に入れると、消えてしまうのです。もちろん空気が入るように、円錐形に立てかけました。それでもだめなんです。そんな頼りなさですから、せっかくガスコンロで沸騰させたお鍋をのせても、舌鼓を打っているまに、ぬるくなってしまう。

炭を変えよう、と今度はバーベキュー用という炭を一箱、買ってみました。バーベキューに使えるくらいなら、火力はあるだろうという考えです。ところがこれ、ときにして破裂する。湿気のせいか、とにかくパーンといこった炭が飛び散る、暴れるのです。

「アウトドア用だけのことはあるなあ」

と、苦笑い。室内にはもう少し、おとなしい炭でないとねえ。

中京の町家暮らしの人に、訊いてみましたら、

「そんな備長炭みたいな高いもん、使《つこ》てません。ふつうの炭です」

ふつうの、といわれても、何がふつうのかがこちらはわからない。

結局、一年目は炭を使いこなすところまでは至りませんでした。寒さにも順応しきれてはいなかった。極寒時は、電気カーペットに這いつくばっておりましたからね。

二年目は一年目の経験が生きます。晩秋のうちから、冬支度にかかりました。

ああ、またあれがくるのかと憂鬱になる心と、わあ、火鉢が使えるぞ、とはしゃぐ心と、比較すると、やや火鉢のほうに軍配が上がりました。炭屋さん、知らない？早くから中京の友人たちにきいてまわりました。炭屋さん、どこどこにある、と即答してくれるのですが、行ってみると、ない。それらのことごとくが姿を消している。

教えたほうも、え、のうなってる？　そうかあ、そやろなあ、という塩梅。

「うっとこでも、使てへんもんなあ」

町家暮らしでも、ほとんどの人がエアコンやガスのファンヒーターをお使いです。

「もしもし、麻生さん？　炭屋さん、まだ捜したはる？」

ここなら絶対、売ってるはず、と教えてくれた先は、二条駅のそばの、なんと燃料問屋さんでした。通りに面した店は、事務所という趣、炭屋と銘打っているわけでもなく、前まで来ているのに、近所の酒屋さんで「炭屋さん、知りませんか」と、尋ねる始末。

「あの、すみません、こちら、炭を扱っておいでですか？」

「はあ、そうですけど、個人さんですか？」

「はい、分けていただきたいんですが」

どうぞ、と案内された裏の木造倉庫には、箱や袋入りの炭、豆炭、練炭、といった昔ながらの燃料が堆《うずたか》く積み上げられています。さすが問屋さんで、小売店とは規模が違う。

「すごい。あの、ぐるりと見てまわっていいですか？」

炭が電磁波を防ぐ、消臭作用がある、というならこの大きな倉庫はそれこそ、都会のサンクチュアリです。京都の人や年配の人には「アホちゃうか？」といわれそうですが、電気屋さんで、液晶テレビとか、パソコンなんかを見るより、こちらは感動します。

備長炭というのは白炭《しろずみ》というのだそうです。叩くとかーんと響くような、とても固い炭です。保《も》ちがいい、というのも納得です。目が詰まっている。

そこいくと、楢《なら》炭も櫟《くぬぎ》も、雑《ざつ》とよばれる雑木も、やわらかい。切口はみかんを輪切りにしたときのような文様になってい、空に翳《かざ》すと、お日さまが覗く。なるほど、これなら空気の道もできる、いこりやすいし、消えにくいだろうと思いました。

櫟の炭は、茶道に用いられるような高級品らしい。問屋さんですから、業者価格なのでしょうが、それでも十キログラム六千円といいます。備長炭が四千五百円でしたから、キング・オブ・炭といったところでしょうか。私は手頃な楢か、それよりもっと安価な雑でもいいと思ったものでしたが、夫が、なんでもいいものをまず知っておくべきだ、という。私が渋っていると、

「僕が買うなら、文句ないやろ」

というので、最高級の炭を一箱、買うことにしました。

一年目のアウトドア屋さんの炭とは月とスッポンです。いこりやすいし、消えにくい。火力もある。もちろん破裂もしません。餅屋は餅屋、というところでしょうか。炭が最高級のものとなると、長火鉢の灰のかたちにも、工夫が入ります。五徳《ごとく》に向けて、灰を盛り上げ、

「これが東山、北山、西山、これが京都盆地……」

と、灰のかたちを整えていく。子どものころにした粘土遊び、砂場遊びに似ていま

す。お茶道具の茶さじを鏝《こて》代わりに、軽ーく押さえながら、固めていく。こうすれば、京の気候と同じ、熱効率がよくなる寸法です。夏に左官の練習をちょっとだけしたのですが、これが妙なところで役に立ちました。

炭の置き方にも、コツがあることがわかりました。

好きこそものの上手なれ、火箸で炭をいじるのは、どうやら性に合っていたようで、三日、つきっきりで試しているうちに、開眼（というほどのものでもないのですが）。

「こら、また炭で遊んでる。なに、もう半分、使たんか。無駄づかいして」

と、夫が渋い顔です。だからいったじゃない、次は楢炭にしよう、だって半額だもん——、と、心のなかで言い返すのでした。石油ストーブや電気ストーブを併用しても、十キログラムではひと月、保ちませんでした。経済的とはいえない、かもしれませんね。燃料としての炭が、贅沢品の範疇に入ってしまうとするなら、哀しい流れです。

ちょうど、そんなおり、いきつけの李朝喫茶「李青《りせい》」のお客さんが、

「櫟なんか、ふだんに使う炭やないですよ。割れたり、欠けたりしてるんでもいいんでしょう。うちで使てる雑炭、分けてあげましょか」

と、いってくれます。それはそれは、では二十キログラムほど、とお願いしたのでしたが、この二十キログラムがひと月でなくなってしまった。いえ、破裂もしませんし、よくいこりもしたんですが、手《て》焙《あぶ》りでさえ、炭斗《すみとり》にこんもりと入れた炭が、ひと晩でなくなってしまう。そうなんです、保ちが悪いんです。雑はうちには向かないかな、ということになりました。

ふたたび二条駅のそばの問屋さんまで出かけました。前のとき、同じ櫟でも割れ炭なら安くできる、という話でした。それを店の若い人にいってみたのですが、ちょっと期待外れの値をいわれ、落胆していたら、大将といった風貌の社長が帰ってきて、

「ああ、それか。うーん、これこれでええわ」

と、いってくれた値は、さっきの三分の二。

「いいんですか。ありがとうございます」

もとより問屋さんですから、個人相手の商いではないのです、ただ、このへんがやはり昨今の京都かと思うのですが、こういう古きよきものに携わる人たちは、その入門者には概してやさしい。商売で使うのではなく、暖房として、家で使うんです、ということを話しましたから、社長も面白がってくれたという気がします。

ついでに楢炭も小箱を買ってみました。楢炭は十キログラムで三千円程度のようです。

「こんな少量（といっても十キログラム以上でしたが）の個人客じゃ、配達はしてくださらないですよね」

「どこですか？　ああ、あのあたりやったら、ついでのときでいいなら、行きますよ」

「本当ですか」

ついに京都でなじみの炭屋さんができた、観光客ではこうはいくまい、と悦に入る私。

しかし、楢炭と櫟炭を二対一で混ぜるのが、うちにはいちばん合ってる、という結論が出たところで、冬のほうが先に行ってしまい、配達は来年のお楽しみ、となりました。

東京からの人、それもカメラマンとか、男の人ほど、この火鉢に、

「いいなあ、僕もほしいなあ、東京でこういうのないかなあ」

と、興味を示します。女の人のほうが家電好きだな、という気がします。どうして

も義務という二文字がついてまわると、なるべくそれを簡単にすませたい、という方向に、気持ちは動く。家事は日常なんですね。そこいくと男の家事というのは、まだまだ非日常です。男の料理がやたらと凝るのと同じ理由でしょう。

「この火鉢、どこで買ったんですか。この炭は……」

と、訊いたのも、ファッション系のカメラマンの人でした。

女の人は、同じ火鉢でも、

「いつもお湯が沸いてる生活って、いいですね。こうやってお茶がいつでもいただけますものね」

となるんです。便利でいいですね、というわけです。先日も五十代の主婦の方がそうおっしゃって、私は答えに窮してしまいました。きっと昔もそう考える女の人が多くて、電気ポットが生まれたのでしょう。いつもお湯が沸いているようにするには、そばにいて炭の世話をしながら、ときどきはお水も足さなければならない。ただスイッチを入れとけば、温度調節もやってくれるような電気ポットとは違います。

風情というのは、不便なことを克服した人だけに与えられるご褒美だと、私は思っているのです。火鉢もね、表面的なことだけに魅かれると、がっかりすると思います。

先日、テレビを見ておりましたら、あるタレントさんが暖炉の話をしている。

「むこうの映画なんかによう出てくるでしょう、暖炉の前でラブシーンとか……。いや、ラブシーンはもう齢ですから、いいんですけどね、まあ、そばに犬がいて、嫁はんが編み物なんかをして、僕はロッキングチェアーにすわって、本を読んだりとか、そういうのにあこがれて、去年、別荘を建てたときに、リビングに暖炉入れたんですよ。やっと夢がかなった、これで僕も暖炉のある暮らしか、と思てたら、見るとやるとでは大違い。びっくりしました。薪に火をつけるまでもタイヘンやし、そのあとも、しょっちゅう薪、くべんとすぐに消えてしまうやないですか。うたた寝してたら、風邪、ひきましたからね」

まあ、話を面白くしているところもあるのでしょうが、そうだろうなあ、と妙に納得してしまいました。暖炉もそうでしょうが、電気やガスと違うところは、生火（私の周辺で流行っている造語です）ですから、火の粉や灰が飛ぶんです。明かりを消していると、それこそ神秘的で、風情もあるのですが、あとから掃除という不便が待っています。

乳白色の電気笠にはいつも灰がうっすらとかかっている。

自慢の漆の板もよーく見ると、灰がやはり飛んでいる。

「え、雑巾掛け、一日に二回もするの？」

と、東京から来た人に驚かれましたが、そういう事情があったのです。

ただ、そんな手間隙《てまひま》をかけても、火鉢に火が入っていると、心がなごむ。

二階は石油ストーブを入れれば、火鉢はなくても、凌《しの》げたのですが、それでも大正期の漆塗りの火鉢（「うるわし屋」さんで求めたものです）に、毎日、火を入れてました。それが冬の楽しみでした。

大人の火遊びだ、といった人がいましたが、そうです、炭遊びです。

遊ぶを、『広辞苑』で引きますと、一番目に、
楽しいと思うことをして心を慰める。

と、ある。ああ、まさにこれを私はやっていたんだな、と思ったのでした。

春の章

椿のあしあと

とっ、という音に、振り返ると、背中の椿が床の間に落ちていました。高い位置に花入れをかけていましたから、しっかりとした音がしたようです。持ってみると、ぼってりとした重みが残っている、ああ、生々しさが残っているんだ、と私はたじろいでしまいました。生きていながら、落ちる。なかなかにして芯の強さを持った花です。

もうすぐ、サトさんの家の藪椿《やぶつばき》を見てから、二年が経ちます。

あれはお彼岸の中日で、日溜まりができているのに、雪が勢いをもって降るという、夢天気の一日でした。京都ではこのころ、寒と暖が鉢合わせし、どちらも譲らず、こんな天候になることはめずらしいことではありません。ですが、お彼岸でしたから、あれやこれやと結びつけて、心は現《うつつ》ばなれをしたのです。

十年、剪定《せんてい》されることなく、伸びた藪椿は荒々しさを含んでいました。点在する赤、赤、赤、赤。それに被さってくる、白、白、白。お天気雨なら狐の嫁入りだけれど、さながらこれは狐の野辺《のべ》送りですか、手を合わせたくなるようないっときでした。

しかし、あれから椿が好きになったのです。

それまでは故意に忘れていた花、だったかもしれません。

今年はこの日に、私の父の二十三回忌の法要を営みました。昭和五十四年、父はお彼岸に合わせるようにして、此岸から彼岸へと渡っていきました。

「じゃ、明日、また来るね」

そういったら、父は頷きました。夜更けでした。病室に、母と叔母を残し、車で一時間半ほどの自宅へ戻ってみると、鍵を差し込む前から、電話がじりりと鳴っている。今ごろ、誰？　病室からに決まっているはずなのに、すぐには結びつきませんでした。

虫の知らせも、何もありませんでした。

「あ、圭子ちゃん、お父さんが亡くなったと……」

電話は、博多から出てきていた母の妹である叔母からでした。

その声をきいても、なお、私はぴんとこなかった。電話口にへなへなと座り込むことも、絶句することもなく、ひとこと、

「戻ります」

「だいじょぶね、事故、起こさんようにしなさいね」

危篤に近い状態ではあったのですが、まだ数日は大丈夫だろう、というのがお医者さんの見解で、だから私は自宅に戻されたのです。その日、何度目かの痰がつまり、看護婦さんを呼んだものの、別の患者の世話をしているさなかで、その遅れのあとは、これまた医者がICUに入っていて……、とんとんと悪いことが重なり、細くなっていた父の命は、ふっと逝ってしまったらしい。急に顔色が土色になって縮こまり、それが緩んだとき、心電図はフラットになったと、あとから叔母にききました。

私がまたね、と帰ってから、すぐのことだったときけば、親不孝をすると、親の死に目に会えないというけれど、しかし父がそんなことを望んでいるはずはなく、じゃあ、いったいどこの神さま、仏さまが、こんな仕打ちをするのかと、ただただ無性に腹がたちました。

そのあとの記憶は混乱していて、未だ葬儀までの三日間のことは、整理されないまま、断片、断片を心に置いてあるような状態です。そのときのことを、こうだったわね、と母と語り合いでもすれば、戻ってくるものもあるのでしょうが、それができないのは後ろめたさでしょう。私はたまにしか見舞いに行かないような娘でした。母は電車とバスだと一時間半ではきかない、その病院通いを一日もかかすことはありませんでした。

父が入院する三年前に、私は父と血がつながらないことを知り、それゆえに、それ以上のものを心に求めては、足掻《あが》き、ずいぶん屈折したものを持つ娘だったと思います。もちろん、父はそんな私を許してくれるばかりか、ひたすらかわいがり、心配もしてくれました。しかし母は、許せない部分も持っていただろうと思うのです。

それが極限の、その三日間にはちらちらと顔を出した。

拒むというのでしょうか、そんなきっちりしたものが見えました。

ですから、母には父の臨終の様子はきけませんでした。

少しだけ、私は勝手に傷ついていました。

お葬式というのは、喪主を哀しみの底から奮い立たせるためにあるのか、と思うほど、慌ただしく過ぎていくもののようです。病院は白い人、それにつづくお葬式は黒い人、色の乏しい記憶のなかで、唯一、鮮やかなのが、椿でした。寺の境内の、裏庭だったか、お手洗いに続く外廊下からの眺めの中に、椿の赤がありました。

心を奪われ、しばらくひとり見ていました。

白い場所、黒い場所、それをつなぐ血の赤をそこに重ねていたのでしょうか。

もちろん、それは今だから思いつくロジックです。

ただ、身震いするほど、鮮明にその色だけが記憶に残りました。

親の葬式がなつかしい人もいないでしょうが、死に目に会えなかったことで、それはふれられたくない傷になり、私は椿が嫌いになりました。いえ、嫌うというほど積極的なものではなく、そう、ただ疎遠になったのです。

先日、なくしたとばかり思っていたポジフィルムが出てき、それを現像したところ、夫が撮影した、サトさんの家での片付けや修復（途中で終わってしまいましたが）の模様が、百枚近くのコマになって現れました。

「こんなの撮ったかなあ」

と、夫が差し出した一枚には、生けた椿が写っていました。

井戸のわきの柱に、花入れが掛けられ、そこに赤い椿がいちりん、という構図です。

「あの工事中の町家に、圭子ちゃん、庭の椿、飾ってたんだね」

「それ、私が撮ったの。カメラ、置きっぱなしにしてたでしょ。挿したら、思いのほか、いい感じだったから、撮りたくなったの」

椿という花は、挿したほうが映える花のように思います。野暮ったさとか、毒々しさが消えて、儚《はかな》げになる。あのときも、そんなことを感じたような気がします。

「かわいそうだったね」

「何が」

「椿、足跡のようだった」

電動ノコで切り落とした椿を、通り庭から運び出したときのこと。引きずられて、花が落ちた。ぽと、ぽと、それは椿の足跡のようでした。庭にお風呂をつくるために、それは仕方なかったことでしたが、ああ、切ってしまったんだ、とどうにも冥利《みょうり》が悪いような思いは、しばらく抜けませんでした。野性味あふれる、力のある椿でした。

柱に飾ったのは、切り落とす前でしたが、鼻の穴が黒くなるような掃除がつづけば、気が滅入ったりもします。ほんの一角だけでも、和める景色がほしかった。井戸のあたりだけ、拭き掃除をすませ、マンションから信楽《しがらき》の花入れを運び入れ、風情を整えました。茶色だらけの古民家のなかで、その椿の赤だけが、ほっとする色だった。疎遠になっていた花なのに、呼び寄せた、それは無意識のことでした。見ず知らずの、そこに住んでいたお年寄り、というだけのサトさんの荷物を、あの日、ひとりで片づけたのも、正直に心を手繰《たぐ》っていけば、父の椿につながることです。一度、屈折した想いは、そうたやすく元には戻らないとみえます。身内とはこんなものかと思ってみたりもします。

これは去年、そろそろ秋のお彼岸か、というころでした。名前に覚えのない女の人から、小包が届きました。「松栄堂」のお香に、長い手紙が添えられていました。

突然に初めてお便りを差し上げる失礼をお許しください。

それは、元大家さんのお嬢さんからの手紙でした。

大家さんに届けた拙著を、読んでくださったというのです。あのアクシデントの顚末は、書くにあたって、私なりの配慮は試みたものの、ことがことですし、大家さんたちは気分を害されるかもしれないなと、覚悟もしていました。

ところがその手紙は、丁寧なことばをいくつも重ねて、まずお礼が述べられています、ほっとはしましたが、こちらはむしろ、どうして、なぜ、という感じです。

誘われるようにして、私は読んでいきました。

あの×小路の家に張りつけてあった写真の「おしゃまな女の子」は、私の長女です。麻生さんのご本をわくわくしながら読みおえて、いちばん感動していたのは、その長女でした。国立××大学の理学部の学生で、もうすぐ二十歳になります。

私は三人の娘をもうけましたが、産前産後の生活をあの×小路の家で過ごし、家の建て替え時も、約半年ほど、私たち一家五人と叔母の「サトさん」で暮らしたこともありました。生涯で本当に思い出深い場所でした。

叔母の名誉のため少しだけ伝えさせてください。整理整頓の悪さで天下一品なのは、この私です。麻生さんには大仕事をさせてしまいましたこと、未だに恥ずかしく、申し訳なく、顔から火が出そうで、何とお詫びすればよいのかと、途方に暮れています。

私の夫は私と正反対で几帳面な人ですが、その夫をして「サトさんと住んでると胃が痛くなる」と、愚痴をこぼさせるほどの、叔母はきれい好きで、私もこんなお姑さんがいたら「堪忍してぇ」だなと思っていました。叔母は働き者で几帳面、おばんざいの達人で、日常は質素で粗末なものを食べ、店の者には男言葉を喋りましたが、ご近所やお客さんに対しては、商家の京ことばでやわらかくフィジーに、ときには真綿で首を締めるような話術も武器にしていました。京の着倒れとはよくいったもので、センスよく分を弁《わきま》えながらも、きものにはお金をかけていたようです。人の心やものをとても大切にする人で、とても品のいい人でした。

今になって、もっといろんなことをたたき込んでもらっておけばよかったと、勝手なことを思います。でも「サトさん」はもういません。

古いものを大切に、美観としてさらには芸術の域まで達するには、多くのエネルギーやこだわりの精神が必要です。私の娘は「そんなことを教えてもらった」といい、読みおえて、ポロポロ涙をこぼしていました。

「人間万事塞翁《さいおう》が馬」、この年になって、しみじみこの言葉の意味がわかりました。麻生さんを巻き添えにした一連のしがらみは何かのご縁だったし、生きていくということはたくさんの人々に迷惑をかけているのがよくわかりました。

麻生さんには多くの心理的負担をおかけし、肉体労働もしていただきましたこと、重ねてお詫びと、御礼を申し上げます。

「サトさん」が丹精をこめていた椿を、最後に見たのは、何年前のことでしょうか。ポトリと美しい花のままで落ちる、椿の潔さを、彼女はこよなく愛していました。

これからは曼珠沙華《まんじゅしゃげ》の季節になります。毒々しい色彩を持ちながら、ひ弱そうに媚《こび》を売り、それでいて鱗茎には動物を癒す薬の役目を持っている、個性的なこの花の哀愁が、私はたまらなく好きです。

ああ、この人はやはりサトさんの姪ごさんだ、私の拙文に、これほどの意味を持たせてくれた、同じ感じ方をしてくれた、それがただただうれしく、泣きたいような気持ちになりました。

曼珠沙華は彼岸花の別名です。九月に彼岸があることを意識している手紙です。椿の赤に曼珠沙華の赤で呼応してくれた。それは、もしかして私が父に対して持っている哀しみと同じものを、この人もサトさんに負っているのではないか、そんなことを私に思わせ、これも仏さまのご縁だと、手を合わせたのでした。

二十三回忌、ほんの少し前のことなのに、数字にするとずしりという重みを持っています。だんだん死んだ父の年齢に近づいてきました。あと十年。時は戻せませんが、父の年齢に追いつくことで、何かやわらぐものは心に感じます。

今年はその日、ぼたもちをつくってみようかと思いました。

春のお彼岸のお茶の子、ぼたもち。二年前のある日、そういえば手伝いに来てくれた左京区の友人は「今日はお彼岸さんやから」と、ぼたもちを持ってきてくれました。

春は春の花、牡丹に見立てて「ぼたもち」、秋は秋の花、萩に見立てて「おはぎ」(はぎのもち)と呼ぶのだと、これも京都に来てから知りました。同じものを季節によって呼び分ける、こういうところが日本のよさだと、そして知ったからには、大事にしようという心がけです。

サトさんの形見（こうは、言わないのでしょうが）の『おばんざい　京の味ごよみ』という本をめくれば、ぼたもち――ごはんはもち米と飯米とを半々にして、ふつうのごはんの一割減の水加減でたく。たきあがったら塩を少々ふって、すりこぎで軽くついて、ごはんをつぶす。適当な大きさに丸めておく。それにあん、きなこ、ごま、青のりをつける――、と書いてある。これならできそうだと、付箋を挟みおきました。

そして、椿の花もお供えしようと思うのでした。

桜の人

今年、四月四日でしたが、母を連れて、祇園の都《みやこ》をどりを観に行きました。一日、四回公演で、一回は一時間という長さ。昔、二度ほど、観たことがありましたが、東京から朝九時ごろの新幹線に乗って、昼食をどこぞでとってからあとの鑑賞です。

当時はまだ舞妓さんだった美年子さんから、その夜のお座敷で、

「黄色いお帽子が、ゆーらゆーら、あ、麻生さん（祇園の甲部《こうぶ》では、にいさん、ねえさん、ではなく、名前で呼ぶようです）、あそこにいたはるて、すぐにわかったんどすえ」

と、お茶目な指摘をうけたことがあります。

居眠りするどころか、ゆーらゆーらと、舟まで漕いでいたらしい。でも、さすが祇園の舞妓さんです、寝てましたね、とはいわない。上手な匙加減《さじかげん》です。もちろんいわれた私はあーあ、見られたか、という思いはありますが、いやな気持ちはしません。舞台上の舞妓さんに、あ、麻生さんや、と気づいてもらっていたわけですからね、むしろちょっとうれしくもある。ああ、これか、こういう客あしらいが、男の人を魅きつけるのかと、この祇園の格、人気が少しだけわかった気がしました。舞妓さんですから、まだ十代です、なにごともプロというのは、一般の人とは違う、違ってこその存在理由なのでしょうね。

それから十余年、久しぶりの都をどりでした。なんですか、私たちのひとつ前の回は、皇太子さまがご覧になられたとかで、ハレ着姿の花街の人や、警備の人、日の丸を持った人たちに花見小路《はなみこうじ》、ずいぶんすれ違いました。いつもよりぐっと華やいだ小路でしたが、

「雅子さまはなんやお風邪とかで、お見えにならへんかったんです」

と、「近江作《おうみさく》」の新おかあさん。つい「まあ、もしや」といいかけたなら、

「いやー、私らでも、このところの花冷えで、こんな声（風邪声）になってますのやさかい、雅子さまもお風邪なん違いますか」

ああ、これが祇園の人なんですね。結果は、そのもしやだったのですが、おや、と気がまわったとしても、その矛先をそーっと真綿でくるんでしまう。見ざる、聞かざる、言わざる、ということばを思い出しました。京都には、本当のことはいわんでもええ、ということばがありますが、こういう知恵、京都だけではなく、少し前の日本にはあったと思うんです。それが言論の自由という正義の名のもとに、駆逐されてしまった。

世の中、どうでもいいことが報道されすぎです。

かくいう私は昔に比べたら、抑えがきくようになったように思います。

都をどりも、足さばきやら、まなざしの余韻、ゆびさきの色香に、目が奪われるようになりました。もちろん日本舞踊の素養をつんだわけではありませんから、これはやはり動きのないものへの感度がよくなったんだと思います。心が成熟したおかげです。動くものにしか興味を示さないのが赤ちゃんとするなら、成熟するにつれ、静寂がみえてくるようになる。でも東京というのは、未熟なほうが暮らしやすいんですよね。

「いちばん桜で美しいんは、姥桜《うばざくら》やね」

と、おっしゃったのは、「植藤《うえとう》」十六代目、佐野藤右衛門さんでした。祇園なんかでも、三味線や謡《うたい》の名手さんたちは五十、六十歳になっても現役です。でも口の悪い人は、「おねえさんたって、姥桜だもんなあ」と、軽口を叩いたりする。

「そうでっしゃろ。せやけど、私にいわせたら、姥桜ほど美しいもんはない。これは最高の誉めことばなんです」

九九年の晩秋というころに、大原の実光院《じっこういん》の不断桜《ふだんざくら》を背に、佐野さんと対談する機会がありました。私、佐野さんの大ファンなんです。佐野さんによると、ソメイヨシノのような接ぎ木で増やすものは、一種のクローンみたいなものですから、寿命が短い、姥桜までいかないというのです。枯れずに朽ちていく。

「枯れるというんと、朽ちるいうんは、違うんです」

幹なんか、しわくちゃ、ひね(古漬け)の沢庵みたいに、しわくちゃになる。そうして、わずかに残った枝に、花を咲かせる、というのです。全部に花をつけてしもたら、朽ちてしまうから、上手に自分でその数を減らしていくんやね。

「自分の分を知ってる、ということですね」

せやけど、そのときの花は、なんともいえん風格がある。色気を通り越して、色香にかわる、ということやね。女の人もそうですよ。

ところが、みんな枯れるまえに、朽ち果ててしまうんやね。

わかります、わかります。そういう人が増えましたよね。七十歳近くになっても、若い桜と、懸命に張り合ってる人がいるでしょう。あれ、品がないなあ、と思います。ソメイヨシノとおんなじやね。

若づくりに懸命になればなるほど、そこはかとない色香は失われていく。家も同じだと思いました。新建材を使った、最近の家やマンションというのはソメイヨシノです。姥桜になるまえに、見捨てられて、壊されてしまう。

「この不断桜ね、さっき麻生さん、ちらほらという咲き加減で、ちょっとがっかりしたようなこと、いうてましたでしょう。見にくる人にしたら、春みたいな桜を期待するわね。せやけどこういう木というのは考えてるんやね。賢いんです。このくらいやったら大丈夫かな、という、ちょうどの数を咲かせていくんやね。無理はせーへんのです」

実光院の不断桜というのは、十一月から、咲きはじめます。ただし、自然と折り合う数しかつけません。少しずつ散っては咲き、散っては咲き、霜が下りるような大寒のころには、途切れることもありますが、とにかくその名の通り、春まで断つことなく、枝に色香をつけるという、めずらしい桜です。そうして、冬桜、寒桜といった桜と違うのは、春の花どきには、満開になるというのです。三千院《さんぜんいん》のすぐそばですから、興味がある方は、十一月や四月に、大原まで、足をのばされてみるのはいかがでしょうか。

ただし、満開を狙っていくようなことはなさらないほうがいいかもしれません。

「そういうことを期待する人は、雑誌やテレビを見といたらええ、と私はいうんです。そうでしょ。見にきて、ああ、まだ五分咲きや、今年の桜は遅いとかね、勝手なことをいうけど、私にいわしたら、遅いも早いもない、何を基準にいうとるんや、となる。桜はちょうどいいときを選んで、咲きよるんです」

蕾には蕾の、散りぎわには散りぎわの、美しさがある。それを理解できる人が品のいい人、姥桜になる可能性を持っている人、ということになるのでしょうか。

佐野さんは桜守《さくらもり》さん、と呼ばれています。けど、樹木医とは違うんですね。薬をやったり、強い肥料をやったり、ということはなさらない。今年、佐野さんが父子二代でお守りをしている円山公園のしだれ桜が、その幹を真っ白に塗られており、痛々しいかぎりでした。薬を塗ったようです。ここのところ弱っている、という話はきいていましたが、おや、と思いました。こういう手当ては、佐野さんはなさらないはずです。あそこは市の公園ですから、たぶん役所のほうで、何かやったのではないでしょうか。それが凶と出るか、吉と出るのか。でも、もし花のつけ方が少なくなっているなら、それは花が考えて、調整しているのでしょうし、あまり過保護にしてしまうと、そういう自然治癒力を衰えさせてしまうことになるんじゃないかと思うんです。

　これは俳人の黒田杏子さんとの対談で、佐野さんがおっしゃっていたことですが、桜守というのは、桜を守るのではなく、お守《も》りをするだけなんだと、なぜなら守るのでは前進がない、ああ、いいことばだなあ、と思いました。

『東京育ちの京都案内』のなかで、仁和寺《にんなじ》の御室《おむろ》桜のことにふれましたが、あの短軀《たんく》の桜、種類のせいかと思っておりましたら、佐野さんによると、あれはあそこの土が固いから、根が伸びず、ああいう小型の桜になったんだという。よけいなことをしなくても、木は木で、そこで生き残る道をちゃんと捜し出すんですね。それが個性をつくっていく。

きっと人間の子育ても同じです。ただ、守るほうにはマニュアルがありますが、お守りにはそれがありません。都会の未熟な親には、できないことかもしれません。


桜はさびしがりややからね、といった人がいます。

だから空に向けてではなく、毎年、春になると、地に向けて、その花面をつける。まるで愛しい誰かを捜しているようにもみえます。そんな一途さ、けなげさ、そして儚さが、日本人の心をとらえて離さないのかと、思うのです。

今年は紅しだれ桜が連なる、半木《なからぎ》の道を繰り返し、歩きました。

すぐそばを賀茂川《かもがわ》が流れています。西岸にも桜と、点描《てんびょう》のような緑をつけはじめた広葉樹。こちらは山桜なので、しだれ桜より先に花どきを持ってきます。緑と桜が交互にならぶさまは、岸辺のお雛さまのようです。東岸のほとり、しだれの蕾を背に、ベンチにすわり、ぼーっとしているときの、悦び。しあわせの手応えがあります。

昔、東京の南青山に住んでいるころ、向かいの青山墓地の桜の花びらが、ベランダまで舞い込んでくるときがありました。花どきはライトアップされるので、夜の墓地が桜いろに霞むのです。花の闇というのはこういうことか、と思ったことがあります。

上洛した母も半木の道に誘いました。

ベンチに腰を下ろし、「和久傳《わくでん》」さんの花見弁当を膝にのせ、年々、かわいい人になっていく母は、よりかわいい人になり、

「ナカラギ？　どんな字を書くの？」

「あそこの柳のとなりにもう一本、桜があるとバランスが取れるのにね」

と、岸辺のお雛さまの並びに、娘と同じようなことをいいます。

一方、背の紅しだれ桜はこれから開くぞ、という力を漲《みなぎ》らせており、川面もきらきらと輝いています。私たちだけでなく、何人かの人たちがお弁当を広げています、なかには昼寝をしている学生もいます。日常の延長に、花見が組み込まれているのですね。

「東京じゃ、このくらいの時間から、バイトの人を雇って、桜の場所取りをするんだって。京都の人はああいう花見はしないの」

「地べた宴会ね、学生なんかはするんじゃないかなあ」

江戸のころの人も、桜の木の下で、花見を楽しんでいたようですが、江戸の庶民の

マナーがよかったとは思いません。どんちゃん騒ぎもしたでしょうし、お酒やら、お弁当やら、そこらあたりに散らかして、帰っちゃう人もいたでしょう。でも、あのころのものは、みんないずれ土に還ります、養分になるものです。多少エロティックなことが繰り広げられたとしても、さびしがりやの桜には、いい慰みになっていたと思うんです。

それがカラオケだ、なんだと、桜にとってはストレスのたまることばかりです。

「ああ、こういうのならいいわね」

と、母がいったのは、京都御苑でした。満開の桜の下、家族連れが花見ピクニックといった風景で、収まっています。この日は土曜日でしたから、お父さんもいます。

夜桜と違うのは、みんな桜を見ている。

「これは、八重桜やな」

「お父さん、こんな小っちゃい芽から、蕾、三つも四つも出てる」

そんな会話を交わしている父子がいました。

昔の日本人というのは、もう少し植物の名に詳しかった、という気がします。お茶を嗜《たしな》んでいたせいもあるでしょうが、私の母も、ほうと娘が驚くほど、よく知っている。名がわかると、野や山、お寺や神社の境内を歩いていても、ふと目に止まる。ああ、こんな咲き方をするんだ、こんな花をつけるんだ、そういう心の傾け方は、人を謙虚にするように思うのです。草花の名にくわしい人、というのは、京都に来てからの、私のひとつの尺度です。草花や木の名前を新しくひとつ、覚えられた日は、とても心があたたかい。

名もなき花が好き、という人がいるが、それが私は大嫌いだ、といった人がいました。なぜならこの世には、名のない花などひとつもない、というのが理由です。

「本当に好きなんだったら、調べると思うのよね。好きだな、と思ったら、たとえばそれが会社の男の人なら、あの手この手で、その名を調べるでしょ。それをしないのは、好きじゃないか、さもなくば、上からものを見る性の人ね、傲慢なのよ」

それをきいたとき、昭和天皇のことがふと頭に浮かびました。歴史的には、いろいろな見方、評価がある方だとは思いますが、植物にたいそうくわしかった。吹上御所や、那須の御用邸を散策なさりながら、草花を手にとってご覧になる姿、テレビの画面から流れていた記憶があります。その記憶のなかでは、学者というより、もっとやわらかな眼差しをしておられたという気がします。鷹揚な謙虚さが伝わってきた。だから歴史を超え、世代を越え、国民から愛されたのか、というところに結び付いたのでした。佐野藤右衛門さんと対談なさったら、失礼ながら、さぞかし面白かっただろうにと思ったりします。

御苑の糸桜に目を戻しますと、その昭和天皇の曾祖父にあたる孝明天皇が、

昔より名には聞けども今日みれば　むべめかれせぬ糸桜かな

と、お詠みになった近衛家の糸桜たちが、今年も邸宅址で花をつけていました。花のお下げ、といった風情。由緒正しき桜ながら、さくら、とひらがなで書いたほうが似合うような愛らしい桜です。

桜は日本の花、国の花、これに異を唱える人はないだろうな、と思ったのでした。

春一番に逆さ箒《ぼうき》

春一番が吹いてしまったら、春はおとなしいものとばかり思っていました。ところが違うのですね。春は風の季節というわけです。春一番も、二番、三番、四番くらいまでことばとして、存在するとききました。まだあります、春疾風《はるはやて》、春嵐《はるあらし》、青嵐《あおあらし》……。

陽気はいいのに、目もあけられないような突風が吹きつけることがあります。

「それはしゃーない。木が衣替えすんのんを手っ伝《てと》うてやらなあかんからね」

佐野藤右衛門さんなら、そんなふうにおっしゃるのではないでしょうか。

自分の庭を持ってみると、自然にむだなものはないんだなあ、とつくづく思います。露地《ろじ》庭《にわ》の樫《かし》や松の常緑樹は、眺めだけでなく、外からの目隠し、京高塀《きょうたかべい》の代わりをしているわけですが、これが、春疾風が吹くたびに、剪定でもしているような勢いで、どっさり古くなった葉を落としてくる。こういう大きな木とはなじみのない私です、はじめのころは、

「どうしちゃったのかなあ。虫がついちゃったのかなあ」

などと、首を傾げつつ、そのさまを窺っていたのです。

真冬はさておき、日ごろ朝から気分がいい日は、格子戸《こうしど》からの石畳、生け垣の外側のアスファルトを掃きます。石段にも水を打ち、掃き清めます。水を打つと、石段や石畳、玉砂利は水に放った魚のように、生き返ります。貧相な庭でも、豊かになる。

早起きは苦手でも、こういう手入れは、楽しみでもあるのです。

ところが、その楽しみの成果を、土足で踏みにじるヤツがいる。これが風なのです。どんなに掃き清めても、午後には、誰かがゴミ袋をひっくり返したんじゃないか、というほどの落葉が散らかっています。それも念入りに、たとえば今日はお客さまがくる日だから、と松葉の一本まで、拾い集めた日に限って、すごい風が吹いてくる。

「朝の、あの一時間は何だったの」

庭箒《にわぼうき》をそれこそ逆さにして、露地に立てかけてやろうか、という腹立ち加減です。真偽のほどは知りませんが、昔、お客さんに早く帰ってもらいたいときは、箒を逆さにして立てかけたものらしい。京番茶のCMで全国に知られることになりました。犬や猫なら箒の先で追っ払いもできますが、人となると、そうもいかない、で、振り回しているさまを、立てかけるという行為に念写してるんですよ。怖いですよ、京都の人は信じられないほど執念深いですからねえ、と陰口を叩いていたら、この春、逆さ箒を立て、恨めしそうに中空の風と、葉っぱを見つめる私がおりました。

夫にいわせると、この私は京都人以上に、怖いらしい——。

私が怖かろうが、なかろうが、古葉は自然の摂理に則《のっと》って、容赦なく、落ちてきますから、お客さまがお見えになるときは、直前にまた、掃くことになります。ところが、今度はそういうときにかぎって、お客さまが予定より早く見えるものなんですね。髪もぼさぼさ、着替えもまだ、膝の出た作務衣《さむえ》姿で、あらまあ、お待ちしておりました、というときのバツの悪さ。あちらの顔には、あら、おきものじゃないの？　と書いてある。

こちらは心の鍛錬なんかできてませんからね。

「なんで、二十分も早く来るの、人の家を訪ねるときは、髪の毛一本ほど、遅れていくのが、京都のジョーシキなのよ。逆算して、客迎えの支度してるんだから」

と、そりゃ、口に出したりはしませんが、顔に出る（らしいです）。

去年でしたが、一般公開している町家の奥さまに、「×日の二時に知人を連れて、伺いたいのですが、ご都合いかがでございましょう」と、お願いの電話を入れましたら、そこの奥さま、もちろん二つ返事で承諾してくださったのですが、

「では、どうぞ二時より前にはお越しになりませんように」

と、おっしゃる。何かご都合がよろしくないのかしら、と、

「あ、では、二時半にいたしましょうか」

と申し出たら、

「いえ、支度がありますので、二時より少し遅れる頃合いでいらしてください」

ほう、そういうものなのか、と思ったのでした。以来、都合のいいことはすぐに真似る私です、うちにお見えになる方にも、あらかじめお断りすることにしました。

お客さまとなると、花を生けなければなりません。そんなの前日から生けとけばい

いじゃない、とおっしゃる向きもあるでしょう。でも、その日のお天気、日差しの具合によって、生ける花も違ってくるんだそうです。私はそこまでしません、できませんが。

こういう気づかいというのは、何も京都の特許というわけではなく、昔はそれこそ東京の人も持ち合わせていたのではないでしょうか。ただ、それを継承するには、東京からは生きのいい季節が失せてしまいました。話は飛びますが、幸田文さんがお元気なころ、孫の奈緒さんに、梅小紋を色の濃淡で二枚、用意なさった。それは、季節や、日差しの具合によって、着分けるように、という心配りだったとききました。季節に対して、感覚が鋭いだけでなく、謙虚です。季節に、人間のほうがそっと合わせていくわけですからね。

それはさておき、昔ながらの京都を持つ家では、いまでも座敷に客を迎えるということは、特別なことです。これは中京の人ではありませんでしたが、

「座敷までお通しするお客さんというのは、私の、とか、娘の、ということではなく、家のお客さんですから、そう滅多にあることやないんです。掃除もいつもより気を配りますし、冬やったら、暖房のこともあります、手焙《てあぶ》りとかは、スイッチを入れたら

ええというもんとは違いますから、まあ、お見えになる時間から、逆算して、炭をいこしたりせんなりませんわね。花だけやなしに、お軸とか、お出しするお茶碗とかも、今日はこれこれやから、これにしよ、と考えるわけです。悩みますよ、やっぱり、あれにしよ、とか、迷てるうちに、あっという間に、お約束の時間が近づいてくる。気ぜわしいもんです。そんで、十分くらい前に水、打って。そこでやっと自分のことです、鏡、覗いて、手で髪、なでつけて。そんでおしまい」

と、これをきいたときは、ひやっとしました。一般公開している町家に、ときおり東京からの知人、友人を連れ、伺うことがあります。お住まいになっている町家の場合は、建物としてではなく、家として機能しているわけで、たとえ見学客であっても、座敷まで通された場合は、こちらにも格が必要となってくる。軽装では失礼なのです。以来、白足袋を履いて、伺うようになりました。

「ああ、すみません。私、掃きます」

ある日、郵便屋さんのバイクの音に、表に出ると、おとなりさんがうちの前も掃いてくださっている。あわてて、庭箒を手に、駆け寄りましたが、

「あ、気分転換に、掃いてるだけですから」

そうして、立ち話。おとなりさんは花の好きな人なのです。

また、麻生さんったら、京都の人を美化して。そんなのきっと厭味でやってるのよ、と気をまわす人もいるかもしれませんが、それは考えすぎです。そういうことは雰囲気で伝わってきます。それにここは洛北ですから、京都人にありがちな了見の狭いプライドの所持率はぐっと低くなる、という気がします。あれは地の呪縛ですね。

「いつもうちの落葉、そちらまで出張してるでしょ。すみません」

「いや、おたがいさまですよ。この季節は、みんなこっち側に集まってしまうでしょ。南風やから。掃いても掃いても、こんなですわ。そんでも、みなさん、よう掃いてはる。先週とかは、桜のはなびらがまたすごかったでしょ」

「桜の花びらは掃かんでもいいん違いますか。アスファルトの灰色によう映《は》えるし」

「雨で濡れると、滑るいうて、嫌わはる人がいるんですよ」

「樫とか、檍《もち》の木は、春に葉を更新するんですね。私、こういう常緑樹いうんは、人間の髪の毛みたいに、年中、少しずつ生え替わってるんやとばっかり、思ってたんです」

笑われることを覚悟で打ち明けましたら、

「そうですか？」

と、やはり笑われてしまいました。

「人間があったかなったなあ、と思たら、木も思うんでしょうね。そんで、冬場のごわごわした葉は脱いでしもて、薄うてやわらかい葉っぱに、衣替えする」

「ああ、そうですね」と、頷く私です。

「あの、もしかして、去年もうちの前、掃いてくださってたんと違いますか？　まさかこの季節、こんなに葉っぱが落ちるとは思ってなかったんで、衣替えの後始末をせんならんことなんか、まったく気づかなくて」

「私らの年代は、表を掃くんは子どものころからのクセになってるんですよ。朝、町内を掃いてから、学校、行ってましたから。なかは掃かんでもまずは表なんです」

「え？　それって京都ですね。私なんか、まずはなかですよ」

「それと去年は、麻生さん、足、折ってはったから」

「そう、そうでした。家の掃除も手一杯って感じでしたから」

「ゴミ出すのに、松葉杖、ついてはるんで、びっくりしました」

四月の一日のことだったんですが、午後から遠来のお客さまがお見えになるというので、朝からその支度にかかっていたのです。陽気もよさそうですし、あちらの屛風をこちらに、こちらの衝立《ついたて》をあちらに、ということをしていました。そんな大げさな、とお思いかもしれませんが、それもここでの暮らしの楽しみなのです。私の町家の室礼のお手本は、杉本家や吉田家、もちろん建物や調度品の格は、端《はな》から真似できるようなものではありませんが、ですからせめて美意識だけは盗みたい、とその試行錯誤の日々なのです。

大骨董祭で手に入れた重厚な欅《けやき》の細目《ささめ》格子《ごうし》の建具、これを漆塗りの居間に、衝立がわりに置いていたのですが、もう春だし、明るくしましょうと、撤去にかかったときでした。抱えながら、蟹歩きで土間に降りようとしたとき、バランスを崩して、もんどり打った。建具から手を離せば、受け身ができたものを、とっさに百数十年ものの建具のほうを庇ってしまったんですね。仰向けに落下です。ただすんでのところで、建具が土間のテーブルにひっかかり、頭を割るというような流血の事態には至らずにすんだのでした。

ただ、足だけは、なんとか体勢を立て直そうと、ひねったんでしょう。第五中足骨という細い骨が、そのひねりに堪えきれず、ポキンと折れてしまったようでした。

でも、そのときはまさか、折れてるなんて、思ってもいません。激痛が治まったあと、まずしたことは、細目格子が折れていないかをチェックすることでした。無事です、さすが欅は違うな、と思いながら、何ごともなかったかのように、通り庭まで建具を運び、

「あ、もうこんな時間。掃除をしなくちゃ」

と、掃除機をかけはじめました。ところが歩くたびに、なんだかいやーな痛みがする。ひやっ、とするような痛みです。靴下を脱いで、これは折れたな、と思いました。レリーフのように、その部位が美しく腫れ上がっていたからです。

それからは四週間のふくらはぎまでのギブス生活でした。

けれどその日、遠来のお客さまには、予定通り、来ていただきました。確か花も飾れず、打ち水もできず、といった有り様でしたが、でも、病院から帰って、まずしたことは雑巾がけ。ものの移動は夫に手伝ってもらい、なんとか体裁は整えました。

そんな話を、お手本にしている町家の人にしましたら、

「いやあ、麻生さん、ようやらはる」

と、呆れられてしまいましたが、私には誉めことばにきこえるのでした。

「やっぱり昔の家は段差があるから、危険やね」

町家を建て替えようとしている人には、そういわれました。でも、マンションでも、ベランダから部屋への段差にスリッパをひっかけて転ぶ人もいる、大理石張りのエントランスで転倒して、頬骨を骨折する人もいる。うちの母はひとこと、

「圭子は昔っからそそっかしいんだから、気をつけなさいね」

そういうことだと思います。

樫の木はあっというまに衣替えをすませ、五月のいまは櫁《もち》の木が最後の仕上げをしているところです。春というのは、草木、虫にとっては、私たちの師走のようなものかもしれないですね。とにかく慌ただしく過ぎていく。師も走る、葉も、風も走る、というわけです。中空の大掃除をして、古葉は落とし、若葉に替え、花というハレ着を纏うものもいる。とするなら、どうでしょう、春一番、春二番、春三番……と吹いていく風は、草や木にとっての除夜の鐘かもしれません。草木にだって、七つや八つの煩悩はありますよ。

今日も掃き集めると、塵籠がいっぱいになるほどの落葉でした。

けれど、ここまでくると、私ももう箒を逆さにしようなんてことは思いません。

四月、掃き掃除を繰り返したおかげで、庭土の表面もつるりとした肌合いを見せるようになりました。そこに強めに竹箒を当てると、清々しい線が入る。

蹲《つくばい》の水を替え、沓脱《くつぬ》ぎ石や飛び石、石畳にも束子《たわし》をかけました。

水を得て、色艶《いろつや》を増した露地庭の美しさ、掃き清めたというだけで、風格が上がる。

「うん。どこかの茶庭か、俵屋さんの庭か、といった感じ」

と、おどけつつも、なつかしさを感じている。私の育ちには、こういう茶庭や俵屋さんなど、登場しません。なのになつかしいと感じる。一方で、どこかの茶庭か、旅館に旅した気分にもなっている。この不可解さが、私をこの家に魅きつけるのだと思います。

小さな小さな庭です。

ゆっくりゆっくり緑風が過ぎていきます。

樫の若葉はあっというまに力をつけて、大きさも色も一人前です。

一年でいちばん新鮮な季節かもしれません。ここに祝日が露地の飛び石のように並んだ、偶然なんでしょうが、さすが日本の暦という気がしてきます。
初夏へのにじり口がもうそこに見えています。

ご褒美

京都というまちは、季節の見晴らしがいいな、というのが私の印象です。

盆地ですから、水平線にも地平線にも恵まれません。けど、そのかわり山という屏風には、四季おりおりの絵が描かれる。通りを歩きながら、これを眺められる、なんと贅沢なところに住んだかと、うれしくなります。

律儀に東西南北に走る、大路小路のおかげで、大路のどんつき(つきあたり)には、かならず山がある。うちは東西の通りに面しているのですが、すぐ大きな南北の通りにぶつかります。今年も、おや、と感じるときがありました。そこに立ったとたん、季節の見晴らしが違った。春を感じた。空のあたりが明るかったのです。

ああ、京都の春は南北の通りからやってくるんだな、と思いました。といっても、季節というのは、定規に刀を当てて、すーっと切りわけられるようなものではありません。春がきた、といっても、手がかりほどの春です。まだ冬もそこには混ざっています。春でも、冬でもない、すきま、間《あわい》に入るとでもいうのでしょうか。どうやら、私はこういう曖昧な間《あわい》が好きなんだと気づきました。日本人なんですねえ。

二月の下旬のころでしたか、今年はじめて、おや、と思いました。風に角《かど》はあるのに、空のあたりは、ゆで卵の殻を剝いたよう、つるりと明るい。もちろん翌日には雪が降るような暗い空に戻りはしましたが、でも冬ではない。その証拠に日脚はずいぶん伸びています。

ああ、動いてるんだなあ、とうれしくなりました。

もう少し、確かな手応えを感じたのは、新暦のお雛さまが終わってからでした。新暦も旧暦も、明治になってからもう百数十年にもなるのに、と思いますが、京都では、このお雛さまだけは未だに旧暦で祝うところが多く、新暦、旧暦のことばが生きている。

お雛さまはいわずと知れた桃の節句ですから、この時期、花屋さんに行けば、どこの店でも、桃の枝がたんと仕入れられています。なので、私だけでなく、多くの人がいつのまにか桃の花どきは、新暦の三月上旬なんだと思い込んでしまってますが、でもあれは新暦に合わせて、あくまでも経済活動にのっかって、人工的に咲かされている室育《むろそだ》ちの桃、まっすぐな枝を見れば、一目瞭然です。野にある桃は、新暦などおかまいなし、桜とほとんど変わらない、三月の下旬から四月の上旬に、その花どきを合わせてきます。

旧暦のひと月遅れが、まさにその花どきなのです。

去年のことでしたか、杉本家のお雛さまが保存会（財団法人奈良屋記念杉本家保存会）の会員に公開され、それを拝見しにいったのですが、杉本家のお雛さまは、うちにあったような雛壇ではなく、京間《きょうま》の一畳の広さ、高さが一メートルはあろうかというような御殿に入ってい、驚きました。それは立派な（でも、きらきらしてはおらず、上品です。京都の骨董屋さんで、名古屋の旧家から出た御殿飾りのお雛さんを見たことがあるのですが、御殿には金箔が施され、圧巻は屋根にのった金の鯱《しゃちほこ》、さすが名古屋だ、と思ったことがあります）神殿造りで、御簾《みす》もかかっています。御所の紫宸殿《ししんでん》を模してあるわけですから、当然、左近の桜も右近の橘《たちばな》もついています。ところが、この左近の桜、東（向かって右、紫宸殿から見たら左）側の枝ぶりがいいのです。一目でわかります。

東のほうがお日さんがよう当たるから、ほんまもんの左近の桜がこういう枝ぶりになっていたらしい、という説明です。そこまで丁寧に模してあるのです。江戸のころに作られたお雛さまですから、いまのように情報は公開されていません。御所に出入りが許されていた職人さん（たとえば植木屋さんとか）から情報を仕入れたのでしょうか。

もちろん有職雛《ゆうそくびな》ですから、お雛さま、お内裏さまの装束も、お公家さんたちの装束を有職故実に基づいて、本物そっくりに仕立てられています。

とするなら、京都御所の築地塀《ついじべい》のなかの紫宸殿の左近の桜がほころぶときに合わせて、飾りたい、と思うのが、文化ある人たちの心情かな、と思ったりもします。

端午《たんご》の節句などは、京都でも新暦の五月五日に行われるのです。

杉本家のお嬢さんが子どものころ、なんでと問うたなら、お祖母さまは、

「寒いうちに出したら、お雛さんかて風邪を引いてしまわはる」

と、おっしゃったといいます。ああ、いいことばやなあ、と思ったものでしたが、お雛さまはただ人形にあらず、その家の女たちの分身、象徴であるとするなら、人工的なカレンダーではなく、生きている花暦に合わせたいと思うのが、女心でしょう。三月、冬と春との間合に、ああ、もうすぐお雛さんや、桃の梢もちょっとやわらこうなってきたんやないやろか、と待ちわびながら、過ごすのは、心華やぐことでもあるし、落ちつくことでもあるのです。ストレスというのは季節から心が離れたときに、そこにすとんと落ち溜まっていくもんや、といった人がいましたが、私もそう思います。

天神(北野天満宮)さんまで梅見に行ったのも、三月の上旬でした。

梅もいいな、と思うようになったのも、ここ一、二年のことかもしれません。こういう枝ものの花というのは、花屋で売られている室育ちのものは、まっすぐで、木肌もつるりとしているから、風情に欠けます。それで、梅はねえ、と思い込んでしまっていたというわけです。天神さんの梅の木は、枝ぶりにも、木肌にも、歳月の筆が入っています。新建材の家と、古民家の違いほどの、差がそこにもあります。枝ぶりなど、どんな華道のお師匠さんでも敵《かな》わないのではないか、という景色です。鋭角に曲がり、地面に向いたかと思えば、空へとぐーっと跳ね上がる。桜のような派手さはないかわりに、内に秘めたものを感じさせる花面です。

東風《こち》吹かば匂いおこせよ梅の花　あるじなしとて春な忘れそ

道真《みちざね》にそう詠まれた梅の木は、あるじである道真を追い、一晩で太宰府まで飛んだというのは、あまりに有名な話です。桜ではそういう話は生まれにくい。というのは、梅贔屓《びいき》の私の勝手な意見かもしれませんが……。

余談ですが、この天神さんの梅の実からは、毎年、お菓子がつくられています。つくっているのは、天神さんのお膝元、上七軒《かみしちけん》の「老松《おいまつ》」さん。なかでも季節限定で人気のあるのが、酒菓三宝《しゅかさんぽう》。天神さんの梅林のなかにも出店があって、販売されているのですが、三月の上旬には、今年の分は売り切れました、という張り紙が。これはいかにも、残念でした。

こういう季節ものに魅かれるようになったのも、このところの私の変化でしょうか。昔はブランドものを身につけると、少しだけ元気になれた、自分の印税（作詞）で手にしたんだ、と思えば、なおさらのことでした。ご褒美、という気持ちです。それが季節ものに変わったのです。季節のそばにいて、その旬を味わったり、限られたものを手にしたりすると、ささやかですが、元気になれる、ご利益《りやく》があるような気分、とでもいいますか、寿命が延びたような気がするのです。季節からのご褒美、というわけです。

そのご褒美がいっぱい詰まっているのが、この冬でも春でもない間のとき。あの寒さのあとです、気温が上がる、その一度、一度がご褒美です。

「ああ、堪えてきたものだけが味わえる悦びよね」

と、南の茶室がレフ板でも当てられたかのように、明るくなっているのを見るだけで、うれしくなってしまいます。拭き掃除をしていても、畳がやわらかい。

このころ、ダウンのジャケットや、ひざ掛けをクリーニングに出して、

「また、寒くなるのに、アホやなあ」

と、夫に笑われたりもしたのですが、そういう気分になってしまうから、不思議です。同じような仕事をしている東京の友だちから、

「庭の梅が咲きました、なんだかそわそわ、こんな真夜中でも散歩したくなります」

というメールが届いたのも、このころだったでしょうか。

そうか、東京も地面のある家で暮らす、江戸っ子さんたちは捨てたもんじゃないんだなあ、とうれしくなってしまいました。そういう季節で一喜一憂する人たちの、お仲間に私も入れたんだなあ、とこれもある意味で、ご褒美です。こういう喜びというのは、品の悪さを矯正する力を持っているように感じます。そのかわり、こういう品格というのは、お金とはあまり仲良くない、というか、反比例するところがあるかもしれない。貧乏というのとは違います、お金というものに執着しない人、家というのがあるでしょう、それです。季節というのは繊細なものですから、そーっとふれなくてはいけません。大きな指輪をいくつもしているような指では、感じにくいと思うのです。ああ、人生というのは、うまくいってるな、平等なんだな、とこのところしきりに感じるようになりました。

私が町家暮らしをしている人たちに好意を寄せるのは、上品な人が多いからです。ベンツを乗り回しているような人はいません。いい意味でみなさん、質素です。

「戦後、それまでの旦那商売では太刀打ちでけんようになって、うちの親父は店をたたんでしもたんやね。まあ、それでもなんとか、この家だけは手放さんと、僕の代になったわけやけど、親父が商才に長けてたら、うちもビルに建て替わってたかもしれませんなあ」

これほど美しい住まいがあるだろうか、と思うような町家のご当主さんの話です。なんでも、ものごとには長所と短所があるんだと、それを教えてくれます。

春にしたって、そうですよ。一度、一度がご褒美といいましたが、それさえ、いいことばっかりじゃあ、ありません。地中の温度が上がることによって、冬ごもりしていた虫たちも、いっせいに目を覚まします。青虫、ゲジゲジ、蜂、ミミズ、蜘蛛あたりまでは、このところ、昆虫愛護精神に目覚めている私ですから、短所とはいいません。家のなかに入ってきたものは、指でつまんで庭先に返してやります。が、それだけじゃありませんからね。台所好きな、扁平で、テカテカと光った昆虫、あれは短所の最たるもんです。

春先ですから、まだ成虫（それとも種類が違うのでしょうか）にはなっていません。二センチにも満たないような、色もちょっと薄めのものでしたが、これぱっかりは、素手でつまむ気分にはなりません。いえ、去年に比べれば、私も成長しました。心臓はうっと縮みますが、逃げ出しはしません。殺しにかかる。まったくなんででしょうね。

蚊を殺したいのは、こちらの血を吸われるからです。正当防衛です。

白蟻を退治するのも、家を守るため、これも正当防衛でしょう。

しかしゴキブリは、伝染病を媒介するといいますが、私など、その病名すら知りませんし、そういう話も身近できいたことありません、なのに、秋のコオロギはよくて、なぜゴキブリはだめなのか、自分でもよくわからないのですが、怖いんですね。去年は四匹、遭遇し、四匹とも殺しました。三匹は噴射式の殺虫剤で殺し、一匹は事故死。記憶にないんですが、土間で潰れてましたから、私が踏んだんでしょう。下駄で踏んだか、ギブスで踏みつけたか、それにしても鈍いゴキブリです、中京の友人に、話したなら、

「踏んだて、あんたが足で踏んだんか。ひゃー。よう、我慢でけてるなあ。せやけど、一匹、いたら、十匹はいる。おー、こわい、こわい」

と、脅かします。そうか、この人の家は出ないのかあ、と思っていたら、

「出るよ」

なんだ、古い家じゃなくても出るのか、と安心したのでした。

こういう古い家、とくにうちのように傷みがきている家（借家ですから、そんな細か

いところまでは手当てはしていません）には、すきま、それこそ壁でも土間でも柱でもない、という穴が、いたるところにあります。穴といっても小さなものですが、よーく注意して見ていると、柱と土間とのすきまに、紙が詰めてあるところが何カ所かある。ここでひとり暮らしをしていたおばあさんが、ゴキブリ対策として、いらない紙を使って、手当てしたんだろうなあ、と思いながら、ご近所の方からきいた話を思い出していました。

この家の台所（走り庭の部分）は、昔のままの状態で残っていました。ジントギ（人造石の磨ぎ出し）の流しに、吹き抜けの野天井、床は土間です。町家を語るとき、京都の人には、これを寒い、不便だ、不衛生だと、嫌っている人が多いのが事実です。床を上げて、ステンレスの流しにするのは、新建材を使えば、さほどお金がかかることでもありません。

けれどこの家にそういう手は加えられていなかった。

ここの大家さんは、お母さん想いで、お父さんが亡くなったあと、自分の家に引き取ったこともあったんだそうです。なのに、なんぼ、不便な家かて、私はここが住みやすいと、すぐに戻ってきてしまわれたんだとか。

「女子師範を出ておられたんじゃないでしょうか、若いころは、学校の先生をなさってたというふうにきいたことがあります。しっかりした方で、お台所の改修とかも、あのおかあさんが首を縦にふらなかったんやと思います」

はじめのころ、ただ見栄えが悪いからと、何カ所か、紙を抜き取ったところがあります。きっとこういうすきまから出てきているんでしょう。硼酸団子《ほうさんだんご》を置きながら、この家にも京女の人生が残っているんだということを、うれしく思うのでした。

別の京女のおばさまからきいたお知恵ですが、ゴキブリには熱湯をかければすぐ死ぬ、殺虫剤とか、そんな大げさなもんを使《つこ》たらあかん、ということでした。そうなんです、あれ、毒ですからね、食べ物をあつかう台所で使うものではありませんよね。ただ、うちは魔法瓶とか、電子ポットというものがありませんので、お湯を沸かしているあいだに、ゴキブリには逃げられてしまう。

「そんなもんくらい、買わはったらええやないですか」

と、いわれたのでしたが、デザインが嫌いなんですね。冬場なら、火鉢に鉄瓶がかかってますから、いつでもお湯はあるのですが、これも一長一短の範疇でしょうか。いや、理想を追求しすぎると、やすらぎは得られず、自由もなくなる、という、三つ巴なのかもしれません。話は飛びますが、お花の池坊には、「立花《りっか》」「生花《しょうか》」「自由《じゆう》花《か》」の三つがあるんだそうですね。立花というのは、人間の心にあるところの理想の花を表現したもので、ですから、針金を巻いたり、枝を接いだり、美しさのために手が加えられる。生花は、茶花に似ていて、野にあるがままのかたちを生かして表現され、自由花は、生け花というより、現代アートかオブジェかというほどに斬新、文字通り、制約がありません。

「お稽古はどれかひとつ、選べるんですか？」

と、伺ったなら、

「でも、みなさん、ひとつをやっていると、別のものもやりたくなるようですよ」

はあ、そういうものか、と思ったのでした。

そうやってバランスを取ってこそ、ものは究められるのでしょうね。

生け花発祥の地というわけではないでしょうが、京都というのは、東京や大阪に比べると、明治維新後も、この三つのバランスの取り方が絶妙だったという気がします。ここへきて、その均衡がどうにも取れなくなってはいるようですが、それでもまだそれがわかっている人が、いい位置にいる。一目、置かれている。そう思います。

こういう町家暮らしを究めていくことは、おのずと「立花」「自由花」の精神も、究めていくことになる。暮らさずに、町並みの保存だ、何だというのは、違った意味での「立花」の精神が、特出したものとなる。春でも冬でもない季節は、いろんなことを教えてくれます。そうそう、春の短所といえば、うちの場合、もうひとつ、あります。花粉症です。私はヒトとしては旧型に属するようで、アレルギー反応はおきないのですが、うちの夫は例年、この季節になりますと、クシャミを連発しながら、顔面が湿地帯か、といった様相を呈しはじめます。花粉症というのは犬や猫にもあるんだそうですね。うちの猫もそうです。夫ほどでないにしろ、涙目になり、目やにでベッドのシーツや枕カバーといったものを汚してくれます。すると、ここにシーツの洗濯が加わる。

でも、乾燥機にまわさなくても、自然乾燥がきくようになる。

お日さまの匂いを嗅げるようになるのです。

啓蟄《けいちつ》の候というのは、虫だけでなく、生きもの、すべてに当てはまるのですね。うまくできているものです。

秋の章

月に磨く

今夜は十五夜だから、と気に留めていても、気づくと月はもうずいぶん高いところに上ってい、ああ、きれい、それは感じるのだけれど、目のまえには明日までの仕事――。やっとのことで終えたころには、月は消えている、そんな東京生活でした。

でも、いまだって、それはさほど変わったわけじゃや、ありません。

むしろ町家です、軒の奥に部屋は控えています、マンションのときのように窓を満月が横切っていく、ということもなく、心がけないと、会えないお月さまです。

「お月見せーへんか」

ですから、中京の人から、そんなお誘いをいただいたときは、ふたつ返事でした。

その日は、暮れなずむうちから、月の出を待っていました。

目になつかしい、東山三十六峰の稜線でした。町家に越すまえの、御所の南のマンションは、大文字山に向いていました。夏の送り火、秋のお月見は、東山からはじまります。初夏や晩秋には、この山の色合いで、刻々と近づいてくる次の季節を計ったものです。これが洛中で暮らすということなんだなと、少々、得意になっていました。

ですが、そのマンションの西側の町家に住む人たちには、何が見えていたのでしょう。これがいまの洛中で暮らすということなんや、という現実でしょうか。ちくりと胸が痛みます。

「ここまで上がると違うもんやなあ」

月見に誘ってくれた人がいいました。

四条烏丸《しじようからすま》からほど近い、オフィスビルの屋上です。

京都の市中から潜望鏡を立てて、覗き見るような三百六十度のパノラマでした。見下ろさなければ、どこまでも美しい京景色です。落ちていく東の夕闇さえ、透き通ってみえます。西山の空には茜色の残滓がきらめいている。毎日、こんなに美しく、空はうつろっているのでしょうか。ビルのないころの京都に住んでいた人たちは、こんな色彩の妙を見ていたのかと、ならば、あの美しい染織も生まれただろうと、思ったことでした。小っちゃいころから本物をちゃんと見て育ってる人は、やっぱり違わはるなあ——、どこぞの国のお殿さま（世が世なら、ということです）が、還暦をすぎてからはじめられた手びねりの個展が、京都で行われたときに、そんなことをいっている人がいました。

積み重ねというのは、どうにもならないことかもしれません。

それにしてもこんなに大きな空を見るのは、ひさかたぶりのことでした。

「ええ景色やなあ」

「今日はよう晴れて、よかったですね」

ぽちぽちと、鉄の扉から、背広を着た人たちが、吐き出されてきます。

東側の屋上、フェンスにもたれて、私は風に吹かれていました。

「うちの家も、河原町《かわらまち》にビルが建つまえは、お月さんも大文字の送り火も、家から見えたんやけどね」

中京の谷間に住む人がいいました。

「そういう話、いろんなとこでききます。うちもそうなんですって。二年前までは、壬生《みぶ》の旧家に見学に行ったんですけど、ご近所さんがいうてはりました。このあいだ、天守閣が見えたんやそうです。それで、昔は、座敷に座ってると、二条城の天守閣が見えたんやそうです。それで、四条坊城《しじょうぼうじょう》あたりから、八坂《やさか》さんが見えたって。電話も携帯電話もなかったけど、そんなふうに目でつながっていたんですよね」

「いまはとなりがビルやったら、二、三軒さきも見えへんからね」

「ここも地上からは何にも見えないですものね。まさか、こんなところに桟敷《さじき》まで設《しつら》えて、お月見、やってるなんて、誰も思いませんよね。まったくの死角ですよ」

「せやなあ」

「風が気持ちいい。秋ですねえ」

夏の川床《ゆか》ならぬ、秋の空床《ゆか》です。

「台風のあとのお月見、いうんは、最高やね」

「そうですね。でも、うちねえ、一昨日、走り庭の上から、雨漏りがして、たいへんだったんですよ」

「麻生さんとこの走りの煙出しの窓なあ、あそこから月の光、入らへんか」

「あ、そうですねえ、どうでしょう。そやったらいいなあ」

屋上の東っ側には、フェンスの高さに、三方《さんぽう》が置かれ、月見団子、小芋が供えられていました。お月さまが上ってきたら、すぐに気づくはずです。大きな籠にはススキが、野にあるような風情に、投げ入れられてい、子どもの背丈ほどもあるススキの穂は、風に催促されて、あちらに一礼、こちらに一礼、やわらかな曲線を描いています。

二十人くらい、もう集まっていました。

「ああ、屋上は気持ちええなあ」

「お月さん、まだなんか。月見のまえのアペリティフや。先に飲ましてもらおう」

桟敷についた人から、月の出を待たず、酒宴ははじまっていきます。

烏丸通は洛中の背骨、私は立ったまま、東の片身をじっと眺めていました。

「麻生さん、ぼちぼちすわらへんか」

その人が、烏龍茶を持ってきてくれました。

「まさか、こんな本格的なお月見とは思ってませんでした」

「いや、僕も知らんかった」

中秋の名月を肴に、秋の味覚を楽しもか、という集まりや、ときいていたからです。

調子よく、下から料理が運ばれてきます。お品書きまで配られ、見れば、松茸、秋刀魚、近江牛、湯葉……、京都の名だたるお店の名が記されています。その下にはご協力の文字が。どういう人たちの集まりなんですか。

「糸へん関係の会社の社長とか、その取引先の人とか、そんなん違うかなあ」

「室町《むろまち》すじの旦那さんとか、いわれる人たちですか」

「うーん、どやろなあ」

　小さなころ、縁台に腰かけて、月の出を待ったことを思い出しました。ススキと、母の手製のお団子を、お月さまに見えるように、並べて、でもそのお団子、私がまるめても、ちっともまん丸にはならなくて、いちばん上にはいびつなお団子がちょこんとのったものです。月が高いところまで上がったら、兎さんのお下がりは食べてもよくて、

「兎さん、いただきます」

　と、それが楽しみでした。私が小学校に上がるまえの話です。兎さんがお餅をついている——。それを信じていたのかどうか、記憶にはありませんが、ただ、お下がり、ということが、うれしかった。ひとりっ子（出生は三女ですが、養女なので）でしたか

ら。

東山が宵闇に重なっていきます。

目のまえに、真っ赤にいこった備長炭が、運ばれてきました。さっきからお箸を握ってはなさない背広の人が、相好《そうごう》を崩して、松茸をのせています。

「これ、地のもんやろか。まだ早いんと違うか、なあ、松茸」

「松茸よりお月さん、遅すぎるわ」

「いくらなんでももう出るやろ。あそこ違うか？」

稜線を指しています。

「あれ、大津の灯りが映ってるんや」

「琵琶湖はもう月が浮かんでるんかもしれんなあ。昔はあれや、親父なんか、琵琶湖まで月見に行きよったからなあ。そら、きれいどころを連れてやろ。優雅なこっちゃ」

「ええ時代に生まれたかったなあ」

お月見というのは、お月さまをお祀りするんですね。お団子はまん丸い満月、お月さまを見立ててるんだと、その日、はじめて気づいたのでした。兎さんの好物ということで、記憶の片隅に仕舞い込んでいたのでしたが、そうなのか、だから十二カ月で十二個（十五夜の十五個というお家もあるようです）なんだ……、辻褄がぴたりとあいました。小芋もまん丸です。あれは畑のお月さま、ということなのでしょうか。昔の人は、陰暦の八月の十五夜を芋名月《いもめいげつ》、九月の十三夜を後の月といい、豆名月《まめめいげつ》といったといいます。お豆もまん丸い。

お月見は二回、あるんですね。

京都に来てから、こういう謎ときが、私は楽しくてしかたありません。学校では教わらなかった、母も教えてくれなかった（もしかすると、これは、お団子に夢中で、右の耳から左の耳に抜けたのかもしれませんが）、そんなたわいもないことに、大きなものを感じるのです。月までの距離は三十八万キロ、直径は地球の四分の一、でしたか。でもそんなことを知っていても、暮らしの物語がふくらむわけじゃないでしょう。

東側に座っていた人たちから、どよめきが起きました。

箸を持つ手も、手酌をする手も止まり、すべての瞳が月に吸い寄せられています。東山の稜線が、そこだけ水銀を引いたように、浮かび上がっている。まるで薄い膜でも突き破ったかのように、お月さまはふるふる、ふるえながら、上っていきます。

月の出です。地球の速度、息づかいを感じるときでもありました。

「あかるいなあ」

「待った甲斐があったわ」

「二つ、欠けているいうても、僕の眼ではわからへんなあ」

「もうわし、酔うてしもてるんかなあ。月が二つ、見える」

本当は、その日は十七夜でした。十五夜の日は、嵐のようなお天気で、お月見どころではなかったのです。そこで二日延びての十七夜、立待月《たちまちづき》になったのですが、都合がつかない人たちがでてしまった。それを埋め合わせするために、知人に声がかかり、私に誘いがかかった、ということのようでした。

お月さま、遅いはずです。十五夜を過ぎると、月の出はどんどん遅れていく。十六夜は、いざよいといいます。このいさよい（いざよい）、辞書を引きますと「進もうとして進まぬこと。ためらうこと。猶予」とある。お月さま、私はもう満月じゃないんです。皆さんに顔を合わせられません、と躊躇しているのかどうかは知りませんが、十五夜より、五十分も遅れての月の出なんだそうです。十七夜の立待月ともなれば、一時間四十分の遅れです。これ、映画の一本でも見られるような時間ではありませんか。

どうりで、ええ、そんな感じでした。

でも、お月さまも、お団子もみんなまん丸い。一時間や二時間、年に一度（後の月をするところは減りました）の月見です、待ったからといって、明日からの仕事にも何の支障もありません。ちなみに十七夜の立待月は、立って待っているうちに出てくるから、こんな名がついたんだそうです、そうか、私も立って待てばよかったな、と思ったことでした。十八夜は居待月《いまちづき》、座って待つ、十九夜は寝待月《ねまちづき》、寝て待つ（まるで果報ですね）、二十夜が更待月《ふけまちづき》、夜が更けるまで（午後十時ごろ）待つ、と、あくまで昔の人にとって、月は待つもの、待ち焦がれるものだったのでしょうね。

私はまたフェンスにもたれながら、京都のまちを見下ろしていました。さっきまではあまりに混沌とした町並みに、もう京都はあかんなあ、と悲観したりしていたのでしたが、十七夜の月に磨かれ、まちが呼応しているさまは、不細工は不細工なりのかわいさがあり、これも京都や、アジアの京都やと、思ったことでした。

宴がお開きになったのは、夜も更けてからでした。

帰り、月極で借りている駐車場まで、ひとり、ビルの谷間の烏丸通を歩きました。

背後から気配を感じて、振り向くと、落下してきた月でした。

あわててお見送りしにきてくれたようです。

「おやすみ」

そんな二十世紀最後のお月見の夜でした。

朽木盆《くつきぼん》に松茸

いつのまにかすっかり和食通になってしまいました。竹のお箸で、ごはんやお菜を摘みながら、漆の板間に正座して食べるのがいちばんおいしい。常はお膳代わりの朱塗りの丸盆にのせた一汁二菜《いちじゅうにさい》がおごちそう。ふっくら炊けたごはんがあれば、ほかには何もいらない、という人です。だって、自分でつくったんですから。

それにジントギの七十年ものの台所ですからね。

「ここで本当にお料理、してるの」

そう訊かれるのにも、もう慣れました。オーブンは、レンジは、冷凍庫は?

「え、ないの。じゃ、どうやってお料理するの」

煮る、焼く、炒める、炊く、蒸す。夫はここに揚げるが入ります。

「あら、ご主人もお料理、なさるの」

「はい。揚げ物は上手です。天ぷらとか、豆鰺《まめあじ》の南蛮漬とか、絶品ですよ。お豆腐もつくるし。そもそも自分の事務所のキッチンに『有次《ありつぐ》』の調理道具を揃えてる人ですから」

「ふーん、そうなの……」

「一回、夫が持ち帰っていた包丁を、私が使ったら、まあ、夫の怒るまいことか。ねえ、ひどいでしょ。で、二度と、間違わないように、私のは全部、有次さんで、名前を入れてもらったんですよ。お玉まで入ってるんですよ。麻の字が」

「どんなものをつくるの」

「私は夫と違って、手がこんだことはしませんから」

「おばんざいとか、そういうの」

「そうです。たとえばですか。うーん、おじゃこをかりかりになるまで炒めて、そこに青葱、紅生姜、鰹節を入れて、だし醤油で味を整えたのを、お揚げのなかに詰めて、炭火で焼いたのとか……。お揚げも炒めてしまって、それをすし飯と混ぜて、バラ寿司にしてもいいし。昨日ですか、昨日も一昨日も外食だったので、一昨々日は栗ごはんでした」

「ふーん。イタリアンとか、フレンチなんかは作らないの」

本当はパスタくらいは作るのですが、とりあえず、はい、と元気よく答えましたら、

「あなた、そうやって京都で、地味に暮らしていくつもりなの」

と、低い声です。私が作詞の仕事をしているころに親しくしていた人でした。

「まだ、若いんだし、こんなところに引っ込んでちゃだめよ」

ああ、ありがたいな、と思いました。自尊心をくすぐられもしました。けど、もう一度、あのギョーカイと呼ばれる世界に戻ろうという気持ちは、すでに私にはありません。

「このころ、こういう身の丈に合った暮らしにあこがれるんです」

と、そう正直なところを申し上げたなら、

「背伸びっていうのはね、ずっとしてると、背って、本当に高くなるのよ。身の丈に合わせるんじゃなくて、身の丈を合わせるの。あなた、もったいないわよ」

いえいえ……、と笑って、下駄の先を見つめてしまいました。近所の奥さんが、三十数年前、嫁いでくるときに持ってきたという、一枚板の桐下駄でした。未使用だから、もしよかったら、とくださったのです。鼻緒は好みの白にすげ替えました。

背伸びって、ずっとしてると、背って、本当に高くなるのよ。

いいことばだなあ、若い人にきかせてあげたいなあ、と思ったとき、ああ、私はもうその舞台からは降りちゃった人なんだな、と認識しました。エアコンで季節を抑えこんでしまうような生きかたをずっとできる人もいるでしょうが、私にはそれだけの根性がなかった、ということです。それより季節に歩み寄りながらの生きかたに、いいな、面白そうだな、と点を入れた。いろんな齢のとり方がある、秋の木立を見ていると思います。常緑樹のように緑を頑に守るもの、黄色く染まるもの、真っ赤に燃えるもの、ただ茶色くなるもの……。江戸のころの人はそのすべてを秋の色として楽しんだというではありませんか。

白髪で、すーっときものを着こなした六十代になりたい、それが夢なんです、草や木の名前に詳しくて、筆文字がうまくて。だから三十年ぶりに書の稽古もはじめました。

仕事にはワープロやパソコンを使っていますが、でもそれを打つのは、文机《ふづくえ》に、正座というスタイルです。昔、背伸びしていた足を折り畳み、その足の裏に、背骨をすとんと下ろすとき、何かに折り合いをつけたような気分になるのです。

小さな丸盆をお膳に見立てたときから、土間のダイニング・テーブルはハレに格上げ、応接に使うことになりました。私の仕事先の人、編集者さん、記者さん、そういう人との打ち合わせをここでします。走り庭も含め、土間は労働の場、というわけです。

はじめのころは、靴を履いての食事は、西洋式といいますか、ちょっとしたレストラン気分で、面白かったのですが、日本人なんですね、夫が、

「寛《くつろ》げへん。こっちで食べよーな」

というのです。ふだんはまったく意見の合わない私たちですが、こういう暮らしの嗜好は、なぜかぴたりと合う。あっというまに漆の板間は、常の客間に、居間に、ダイニング、廊下にと、ありとあらゆるものを兼ねることになってしまいました。

夫は帰ってくると、まず、漆の板間で寝っころがって、押し入れの丸桟戸を開けて、テレビを見はじめる。まだ若者なのに、すっかりひと昔前の、おとうさんの様相です。

丸盆を置いて、夕げの支度が整っても、おとうさんはテレビを見ている。

「ごはんのときくらい、テレビ、消してよ」

人はうつわによって、いかようにも変容するものなんですね。

十数年前のことになりますが、花背《はなせ》の「美山荘《みやまそう》」に行ったことがありました。十一月だったように思います。東京から運転してきた自分の車で、分け入った花背の里でした。

玄関の間から、すぐ右どなりの小間《こま》に通されたように思います。ところが食事に行ったのに、そこには座卓、座椅子といったものが見当たらない。連れがいたのですが、二人とも年若だったものですから、茶室でいうところの、ここは待合なんだろうか、と何やら不安になったことを覚えています。背伸びをしていたころのお話です。

その美山荘が畳に、朱塗りの丸盆を置き、お膳に見立てていたのです。

その夕べは、松茸づくしでした。

「今年、最後の松茸でございますので、少々、かさが開いておりますが……」

と、竹のお盆でしたか、そこにこんもりと盛られた松茸が運ばれてきました。それを置く位置がぴたりと決まった。これを見たとき、ああ、この小間全体が、大きなテーブルなんだ、と思ったのです。丸盆はさながらランチョンマットですね。炭火が入った卓上七輪《しちりん》（正式の名は知りません。うちではこう呼んでいます）、急須がのった丸盆、それらのひとつ、ひとつが、小間に盛りつけられている、という室礼《しつらい》です。

そのころから、私は食より室礼の人だったのでしょうか、網の上で、松茸をまるごと、焼いたというのは覚えているのですが、そこから先、その松茸をどうやって食べたか、その詳細までは、覚えていないのです。たぶん手で割いて、それからポン酢でいただいたんでしょうね。松茸づくし、だったことも、ことばとしては覚えているのですが。

「もったいない。つくった人に対して、失礼だよね」

夫に語ったなら、即座にそういわれました。ごもっともなことでございます。

四十歳の誕生日に、夫と来たときのことは覚えていますよ。私の母も同行、ありがたくも夫の大盤振る舞いでした。鯉のお刺身……、

「また、そんなええ加減なことを、あれは鯉の洗い。それから？」

「えっと、鮎の塩焼き、笹で燻《いぶ》してた……」

「うん。それから」

「お風呂から、すぐ下の川にホタルが飛んでるのが見えました」

お恥ずかしいことですが、これが私なのですね。

ところが朱塗りの丸盆は、その塗りがわずかに剝げていたところまで記憶にある。古いものなんだろうなあ、と思ったからです。京都に越してきて、まだまもないころでした。漆器アンティークの店「うるわし屋」さんで、ほとんど同じものを見つけたのです。あの日の小間がすーっと甦りました。滋賀県の朽木村というところで、江戸から明治の半ばごろまでにかけてつくられていたお盆なのだそうです。お値段も手頃でしたので、そのときは二枚、それから三枚買い足して、いまは五枚、ちょうどいい数です。

これにも後日談があり、三年ほどまえですか、美山荘の先代の弟さんが、銀閣寺のそばで「草喰《そうじき》なかひがし」というお店を開かれたのですが、この中東さんもうるわし屋さんを利用なさっているようで、あるとき、いいな、という塗りのお皿があり、来月はあれを買おう、とひそかに心に決めていたら、先を越されてしまった。

「えー、さっき、中東さんが買わはった」

それをきいたとき、口惜しいというより、そうか、中東さんもあれをいいと思わはったんか、とうれしさのほうが少々、勝ったのを覚えています。

心にすとんときたものというのは、何かにつけて思い出し、その記憶をより確かなものにしていくんだなあ、という思いがします。この朽木盆、美山荘。これは去年の十月の末のことでした。有次さんに用があり、夫とふたりで錦市場《にしきいちば》を歩いていたのでしたが、「かね松」さんの店先で松茸を見たら、あの日がふたたび甦ってしまった。多少、持ち合わせがあったのも、気を大きくしたのでしょう。夫が袖を引くのもかまわず、声をかけました。

「すみませーん、これ、ください」

ところが、出てきたお店の人は、小さな声で、

「進物ですか」

と、訊く。いえ、家で今晩、使おうかと思ってるんですけど、といったなら、

「お客さん、東京ですか？　いや、進物やないんやったら、京都の人はこんな時期には買わへんからね。一週間前やったら、半額やったんですよ」

いわく松茸の旬というのは、例年、体育の日（十月十日前後）から時代祭（十月二十二日）くらいまでなんだそうです。そりゃ、京都の人は買わないでしょうね。一箱

（小から中くらいの大きさのものが七本）で一万円。それに消費税がつきました。

「体育の日から時代祭、手帳にメモっとけよ」

それにしてもさすが香り松茸です。持ち歩いているだけで、そこはかとない香りが立ち上がってくる、山の香り、というものでしょうか。そのたびに深呼吸。

贅沢というのは、やはりいいものです。身の丈ならぬ、松茸。

その日は、美山荘ごっことなりました。茶室の小間をテーブルにすることにしました。備長炭を仕込んだ卓上七輪を置いて、脇には黄瀬戸《きせと》の大皿に松茸。メインはやはり焼き松茸でしょう。すだちを切ったのを添えて、松茸の土瓶蒸しは夫の担当。

松茸と水菜を二杯酢《にはいず》で和えたり。もちろん松茸ごはんも炊きました。

朱塗りの丸盆、取り皿は伊万里の染め付け、ギアマンには日本酒。

和蠟燭に火を灯し、秋の夜長を楽しむこととなりました。

これが、京の町家暮らし、昔暮らしか、と問われるなら、違います。先日も、

「常の日は、そんなん盛りつけがどうのこうの、いうことはしません。お漬物も大鉢にぽん、いう感じです。手塩皿《てしおざら》にちょん、とのせるやなんて、そんなんしません」

と、いわれたばかりです。塗りのいいお椀は、それこそやわらかい紙に包んで、箱

ごと、お蔵のなかに仕舞ってあるのではないでしょうか。

　ところが、うちときたら、そんなのまったくおかまいなしです。昔暮らしを何でも真似しよう、というのではないのです。そもそも、この京都の家に、「家」のお客さまがお見えになる、ということはありません。仏壇も住民票も東京に置いたままです。ここはあくまで私にとって趣味の家、という理屈で、さあ、今日はハレの日ごっこだ、と決めたら、納戸から塗りのお椀やら、お重をひっぱりだしますし、あ、これ、いいな、と思うと、ハレからケにチェンジしたりもする。ですから、母からは、

「まあ、それはお客さまのときに使うお椀ですよ。ふだん使いする人があるもんですか。そういう漆のお椀はね、洗うときもぬるま湯で……」

　などと、はじめのころは、よく窘《たしな》められました。

「でも、おかあさん。死んだおじいちゃんだって（自分で買ったものだけでなく、家のものも持ってきているので）、お母さんみたいにずっと仕舞ってあるより、ときどき孫がそれを使って、楽しんでるほうが、喜んでくれると思うの」

　と、そのたびに言い返していたら、このごろでは何もいわなくなりました。

　ハレとケという区別だけではありません。

「いいの、私は見立てを楽しんでるんだから」

利休さんだって、そうしてたんだから、という理屈です。舟板《ふないた》（水車の板）に葉蘭《はらん》を敷いて、おにぎりをのせる、お菜を盛りつける、なんてことは、日常茶飯事ですし、軒平瓦《のきひらがわら》にお漬物を盛りつけることもあります。お茶のお茶碗に、ごはんをよそったり、お菜を盛りつける。座敷用のカミの火鉢でも、土間のダイニングでお客さんと打ち合わせをするときは、お客さんが寒いやろうと、土間に下ろす。溲瓶《しびん》を花生けとして使う人もいるとききますから、それに比べたら、かわいいものでしょう。

娘のでたらめな暮らしかたも、そのへんは親の贔屓目《ひいきめ》というものか、何か認めてくれるところはあったらしく、このころでは母自身、ハレの日のうつわを自分のふだん使いにおろしたりするようになりました。母は今年で七十五歳になるのですが、もうここまできたら毎日がおめでたい、それこそハレの日ではないかと思うのです。祖父が蒐集したものです、孫が使うより、娘が使うほうが、道理というものですし、割れたとしても、

「大切にして残すことより、大切に使い切るほうが、うつわも本望だと思うの」

という考えです。

例の朱塗りの朽木盆など、剝げているところが、私としては気に入っているわけです。枯葉でも、虫喰いがあるほうが、飾るときには景色になったりするでしょう。使い込まれたものには、新しいものにはない上品さがあると思うのです。染め付けにしても、木っ端微塵に割れたものは、いたしかたありませんが、二つや三つに割れた、欠けたというものは、暇なときに、自分で金接《きんつ》ぎしてしまいます。もちろん素人の金接ぎですから、

「雑やなあ。はみ出してるやろ。ペーパーのかけ方が中途半端なん違うか」

と、夫にいわれたりもします。でも、それが愛嬌がある。世界にたったひとつのもの、と思うと、少々、いびつでも、愛着が湧いてくるのです。

「神経質なくせに、そういうところはええ加減やなあ。ヘンなとこ神経、太いし」

これも、夫です。でも、だからこそつとまる町家暮らしです。

ラクがしたくて、舞台を降りたんですから。

庭の野菜、美山の野菜

京都で、野菜の花を撮りつづけている中村和三《かずぞう》さんという写真家がいます。まだ私がマンション暮らしだったころ、一度だけですが、お目にかかったことがありました。そのころは京野菜というものに興味を持ちはじめていたころでしたが、それでも、私が関心があるのは、八百屋さんや、スーパーマーケットで商品として、並べられているもの、その野菜がどんな一生を送るのか、どんな花を咲かせるのか、ということまでには、心はまわりませんでした。ですから、野菜の花の写真を見せてください、とこちらから申し出たのに、そこに写っているものしか、見ることができなかった。

結局、写真を前にしながら、野菜の花当てクイズのようなことになってしまいました。

「じゃあ、次。これ、何の花だかわかりますか」

レースフラワーかと見紛うばかりの、白くて可憐な花です。

「さっき茄子の花が紫色だったでしょ。ああ、実と花は色で繋がってるんだ、って思ったんですよ。だからね、白いものだと思う。小《こ》蕪《かぶ》、ですか？」

にこにことしながら、「ブー」。さながら小学校の理科の授業です。

「あー、違う、違う。すみません。いまの撤回です。蕪は根です。だいじょうぶです、そのくらいはわかってます。えー、その野菜は、実ですか、根ですか。葉ものじゃないと思うんですよ。ちらっと写っている様子からすると」

「そうです。これは根野菜です」

「大根ですか」

「にんじんです」

「えー、赤いにんじんの花が白いレースフラワーですか」

ラッキョウの花にも驚かされました。線香花火を空に向けたような花。色は淡い赤紫です。アサツキは蓮華草《れんげそう》に似ています。意外なものです。鷹の爪は実とは違い、純白。ゴボウも可憐な花をつけるのですね、アザミの花に似ている。もう、挙げていったらキリがありません。茶花にも似た、控えめな美しさがあるのです。

「こんなに野菜の花が、可憐だとは思いませんでした」

と、申し上げたなら、

「そうでしょう。京都でも、農地が年々、家やビル、駐車場といったものに変身するようになって、野菜は店に行けば、確かに見ることはできるんですけどね、だけど、その花を見ることは難しくなってるんですね。子どもたちに、野菜にもこんなに美しい花が咲くことを知らせてあげたい、そう思ったんです」

もともとは世界の子どもたちの写真を撮っておられた、ときき、そうか、子どもがお好きなんだ、それで野菜の花をね、とここまでの解釈でした。ところが、去年、あらためてその写真集をめくったとき、ああ、この人は野菜の心を持っている、と気づいたのです。こういう花というのは、鑑賞用のものと違って、人目を魅くようには作られていません。きっと花どきを写真に収めるには、相当なご苦労があっただろうなあ、と思ったのです。おおよその花どきまでは調べがついたとして、どんな花か、ということまでは、植物図鑑にも載っていないのではないでしょうか。野菜なんですから、どんな根、実、葉か、でしょう。

となると、野菜の心に入り込んでいくしかない。やわらかな物腰に、ほとんど標準語に近いことばを使う方でしたが、たぶん佐野さんが桜のことを話すときと同じように、擬人化というのでしょうか、花の気持ちになった物言いではなかったか、と思ってみます。

さて、去年の十一月だったと思います。うちの庭の石蕗《つわぶき》が花をつけました。石蕗は、もともとこの家に生えていたものではなく、五月に作庭《さくてい》に入ってもらったとき、『坪庭《つくばい》』という写真集の、一ページを指さし、

「これ、蹲の下に植えたいんです」

と、職人さんにお願いしたものでした。下草《したくさ》としての風情に魅かれただけのこと、どんな性質を持ち、どんな一年をおくるのか、ということは二の次、三の次。それでも風情は気に入ってますから、夏のあいだ、小まめに水はやり続けました。その成果か、土との相性がよかったのか、ぐんぐん葉を増やしはじめ、これなら一本、二本、使ってもいいかなと、ときおり、花生けに使うようになった。当然、根本に花鋏《はなばさみ》を入

れます。そのとき、茎から立ち上がってくる匂いに、あら、フキに似ている、と。そこへきてようやく、ああ、ツワブキのブキはフキのことなのか、と気づきました。その容姿だけでなく、内面にふれた、というわけです。

匂いを嗅ぐたびに、

「そしたら、これも食べられるんやろか」

と、草喰なかひがしさんの影響でしょうか、思うときはありました。

でも、もちろん摘んで食べようとは思いません。スーパーマーケットにいけば、きれいなフキが手に入ります。下ごしらえがすんでいるものも売っています。

ところが、わずかばかり植えている茶花もいよいよ花どきが終わり、ヤハズススキの花穂が黄金色にも見えていたころでした。葉ではない茎がひときわ高く持ち上がってき、そこにたくさんの黄色い花がつきはじめたのです。野菊に似ています。フキの花――。

そこで思い出したのが、中村さんの写真集『やさいの花』でした。食べられるものなら、野菜というなら、こんなにかわいい花だもの、載っているはずです。それでも半信半疑だったのですが、続編のほうで、それを見つけることができました。

写真には子どもたちに向けて、文章が添えられているのですが、
「昔は薬として利用されることが多かったと聞きます。葉を火であぶって、もみつぶし、はれものや傷の湿布材として、重宝な葉でした。食用として、利用する時は、若い葉に湯どおしすると、風味のある一品になります。ゴマあえ、ミソあえと用途は少なくありません。カルシウム、ビタミンなど、豊富に含まれている隠れた野菜と、言っても良いのでしょうが、最近では鑑賞用として、鉢に植えられたものが売られています」

傷薬になる、カルシウムに富んでいる、これは驚きました。

ここまで知ったなら、試してみたくなるのが人情というものでしょう。

料理鋏を持ち出して、さっそく石蕗の収穫です。いちばんやわらかそうな葉を選びました。ところが沸騰した鍋にいれるときに、一瞬ではありましたが、躊躇《ためら》いを覚えた。野菜というのは、泥も埃も払われ、ポリ袋やラップで被われているもの、という意識が、くいっと頭を擡《もた》げたのですね。いえ、家庭菜園は抵抗ありません。ハーブの類なら、東京の家でも育てています。それがキュウリになろうが、ブロッコリーになろうが、野菜としての種や、苗から育った、という野菜としての出自があります。し

かしうちのは植木職人さんが持ってきたものです。それに、かたちは似ていても、フキと違って、石蕗は雨蛙のようにつやつやとしている。

軒平瓦に漬物を盛るような人が、食となると、とたんに頭が固くなる。しんなりなるまで、少々、時間がかかりました。ただし、かなりえぐみがあるだろうと思っていたのですが、味見して、意外でした。フキを感じる、きれいな味なのです。いける、いける、とまた摘んできて、だし醬油とおかかをかけてのおひたしにしてみました。

なかなかの一品になりました。

もちろん、後日、夫にも何食わぬ顔をして、出しましたが、

「どうお？」

「ふーん、フキの葉か。うん。味はええ感じとちゃう？　ただ、茹ですぎ」

「そう、そうだね」

庭の石蕗だから、ということは黙っていました。やはり少々、うしろめたかった。

ところが、最近になって、何かのついでに、母に、石蕗って食べられるんだってね、といったなら、こともなげにひとこと、

「あら、そうよ」

「じゃあ、うちの庭に自生している茗荷《みょうが》（親茗荷）が食べられるのも知ってるの？」

と、質《ただ》したなら、

「去年、これは茗荷よ、って教えてあげたでしょ。茗荷だもの、食べられますよ。なんで知らないの」

「えー。だって茗荷っていうのは、こういう蕾みたいな形してるでしょ」

「花茗荷でしょ。あれが親なの。地下茎で繋がってるのよ」

「えぇー。なんで、去年、そこまで教えてくれなかったの」

「まさか、圭子がそんなことに興味があるなんて思わないもの」

京都の旧家の人から話をきくのもいいけれど、まずは自分の母親からだな、娘の私にはその任務があるぞ、と思ったことでした。昔の人はものしりなんですね。

その母より二つ三つ、年若の方で、ときおりうちにお見えになる方があります。

「伺うたびに、何か、工夫が見られて楽しいわ。町家暮らし、というより、町家遊びをなさっているのかしらね」

そんなふうにおっしゃいます。私の場合は、生家がそうだった、嫁ぎ先がそうだった、ということではありません。踏襲すべきものはありません。

「お気楽なんです」

「このあいだ、そんなとこに、イガ栗を飾ってたでしょ」

「ああ、はいはい。丹波の方から、ひと箱、いただいたんです。そしたらイガとか葉っぱがついてるものまで入ってて、たぶん、わざわざ入れてくれたんだと思うんです。私、そういうの、好きですから。で、ああ、実りの秋、ああ、これが山里の秋なのか、ってちょっとうれしくなりまして、で、舟板の上に飾ってたんですけど」

「ええ、そんな感じだったわよ。栗ごはん、とか、いろいろおつくりになった？」

「はい。でも毬《いが》で指のこのへん、ちくちく刺すし。ああ、このイガイガで、自分の遺伝子を守っているのか、だったら少々、痛い思いをするのは、しかたがないか、食べるんだからな、と観念して、素手のままで格闘しました」

「鬼皮、上手に剝けた？」

「うーん、だめでした。鬼皮は夫が、わりと楽しそうに剝いてくれて、私は渋皮を剝いたんですけど、これがまた固いもんだから、たいへんで」

「一晩、お湯につけといた？」

「はい?」

「お鍋でお湯を沸かして、そのなかに栗をつけて一晩、おいておくと、鬼皮がやわらかくなるから、ずいぶんと剝きやすいのよ」

そこまできて、ああ、そういえば母も一晩、お鍋につけていたような気がするなあ、とうすぼんやりとした記憶がでてきて、少々、情けなくなったのでした。

余談ですが、この栗、中京の友人にもお福分けしたのですが、

「ああ、焼き栗にしてから、ごはん炊いたさかい、そんな面倒なこと、してへん。焼いたら、すぐ剝ける。そのほうが甘うて、香ばしいし、おいしい」

お客さんに食べてもらうんやなしに、自分らで食べるんやったら、そんでええ、というわけです。こういうのも、またおばんざいの知恵というものか、と思いました。

それにしても、私のまわりには料理好きな人が多く、あこがれながら見つめているところがあります。料理より、掃除や庭いじりが優先してしまうのは、母譲り。うちの母は料理好きとはいいがたい。ところが梅酒やら梅干し、ラッキョウなどというのは、七十歳の半ばになるというのに、いまも毎年、漬け込んでいる。遊びのあることは、どうやら好きなんですね。私が子どものころでしたが、母は葡萄酒までつくった

ことがありました。これ、もしかすると違法かもしれません。お味は、赤玉ポートワインのように、甘くておいしかった、という記憶があります。

そういう私には、ジントギの流しはずいぶんありがたい道具となりました。スイッチひとつの便利ですましたキッチンより、何かと世話の焼ける時代台所が楽しいんです。

十数年前、美山荘で買い求めた『摘草《つみくさ》料理』という料理本を、このころは走り庭の棚のなかに置いてあります。先代のご主人がまだお元気だったころに、上梓なさった本です。本当のことを書きます、十数年前、この本を手にしたときの私には、響き合うものがなく、長らく東京の家の本棚に仕舞い込んでいました。こちらにも、その準備があって、はじめて活字というのは、共鳴する、余韻も残す、ということなんですね。

序文にこんなことが書かれてあります。

「食べるということは、舌を愉しませるものでもなく、腹をいっぱいにする行為だけではないでしょう。軀を養う目的に重ねて、精神すなわち心をも養おうとする日本人の食事には滋味が求められました。とりわけ、心を寄せられた素材を大切にした食事が求められてきたのです。そんな血を受け継いで代を重ねた日本人は、すべからく素晴らしい文化人だと自負してやみません」

私がジントギの流しを使いはじめて、朧《おぼろ》げながらに、つかみかけていたことは、これだと思いました。粗食、自然食ブームも、無農薬だから、健康にいいから、おいしいから、という理論だけでは、どうしても、心にぴたりとこない。愛情いっぱい、というのも、どこかこそばゆく、私の開ける扉ではないな、と感じていました。

「自然の中で人間《ひと》だけが特別の権利を与えられているのではないはずです。自然には厳しい掟があることを私たちは知らねばなりません。科学的に解かれた法則は物理的なものであって、いかに優れた科学技術をもって探ってみても、掟という法を解き明かすことなど、とうてい出来ないのではないでしょうか」

この家を修復してくれた職人さんや、桜守《さくらもり》の人、野菜の花の人、漆の人、彼らから感じてきたことは、みんなここに繋がる、そう思ったのです。私の古民家暮らしは、古いものが好き、古民芸が好き、という単純なところから、はじまっただけのこと、そこに大げさな決意や思想があったわけではありません。シックハウスや景観問題が先にあってのことではないのです。ただ、いつのころからか、人間ばかりに都合のいい家というのが、どんなにセンスがよくても、心にすとんとは落ちていかない、家そのものより、そこに住んでいる人を、わー、素敵、と思えない、そんな部分がありました。

でも、自分自身のことは、そうしたくても、どうすればいいか、その術がわからない。バブルのころ、東京のマンションの改装に当たって、古材を使ってほしい、畳の部屋がほしい、塗り壁がいい、そんなリクエストをしたのでしたが、インテリアデザイナーから、却下されたことを思い出します。買い替えでしたから、工事を急いでいたのです。もちろん賃貸マンションに仮住まいをすれば、可能だったのでしょうが、みんな忙しかった、時間効率のいいことがいちばん優先されました。私もそれを納得してのことでした。

今よりずっと若かったのに、今よりずっと先を急いでいたのです。

「山菜採りと摘み草のどこが違うのかというご質問を受けることがよくあります。山菜採りは、山の住人の糧《かて》を得る目的を持った行為であって、生活のためのもの、と言えるでしょうし、摘み草は、（中略）万葉の古《いにしえ》まで辿って、（中略）ご紹介しました通り、生活の中の遊びの部分を司ってきた行為でありますが、その中に自然との関わりをも充分理解して、心通わせた行為であることが判ります」

遊びというのは、たぶんむだなことです。でも、衣にしろ食にしろ住にしろ、このむだなところに、いちばん大切なものは隠されている、というふうに感じます。

とはいえ、遊びというのは、生業があってこその、ゆとりです。たとえば私は、原稿書きの仕事には、ワープロやパソコン、ファクシミリといったものを使っています。だからこそ、せめて暮らしは……、ということになる。子育てで忙しい主婦の人とは、暮らしのとらえ方が主客転倒しているということは、自覚しています。みなさん、こういう暮らし方をしましょう、といいたいわけではありません。ひとりごとです。

ただ、私としては、やっとここにきての、食遊び、食における四季暮らしです、心を寄せられた食材を大切にした、素朴なものを食べていきたい、と思っているのです。

「何や、馬場（夫）さんから、忙しそうにしてるてきいたけど、ちゃんと食べてる？なんぞ持っていってあげよか」

先日も、中京の友人から、そんな電話がかかってきたばかりです。

「いや、それが、つくってんねん」

「ひえー」

と、素っ頓狂な声で驚かれてしまい、私が二の句を継げないでいると、驚いた友人も、「あ、ごめん」、これには大笑いをしてしまいました。

「いや、このところ、ごはんを炊くということに凝ってるんですよ。信楽焼《しがらきやき》の羽釜《はがま》を手に入れたの。いいよー。どんな賢い電子炊飯ジャーでも、羽釜にはかなわへん。もっとむずかしいもんかと思てたら、ごはん炊くのって、簡単なのね。まあ、ちょっと火、止めるのが遅いと、お焦げ、つくってしもたりするけど、それもまたおいしいし。お客さんに出すわけやないんやし」

ひえー、とまた驚かれてしまいました。

ちょうど同じころでした、近所に、美山《みやま》の野菜を売っているお店ができ、

「うちのそばにもできたんですよ」

と、なかひがしさんに、ちょっと得意気にいったなら、

「うちのそば（銀閣寺）のんが、あそこに移ったんです」

なーんだ、とこれにも大笑い。

この野菜をつくっているのは、美山のシルバーさんたちで、最年長はなんと八十五歳、野菜を育てることが生き甲斐、一日じゅう、葉っぱの虫取りをしていることもあ

るんだそうです。それをきいたとき、ああ、私が求めているのは、こういう野菜だ、と思いました。きっと、そのおばあさんは、無農薬、有機栽培、などという主義はお持ちではないと思うんです。ただ、そういう便利なものをつかってしまうと、心がいらなくなってしまいます。一日じゅうの虫取りもおばあさんにとっては、楽しい苦労、心地よい疲労なんじゃないか、そう感じたのです。

ある日、小指の太さほどもないにんじんが束になって売られていました。

「これ、野にんじん、とか、いうものですか」

などと、知ったかぶりをして、尋ねてみましたら、

「いや、ふつうのにんじん、間引いたもんです」

という。ああ、これが間引き菜か、と思ったことでした。さっそく買ってみました。成長したにんじんの葉だと、私などはちょっと苦手なのですが、これは赤ちゃんですから、やわらかい。おひたしにして、これはポン酢で、試してみました。ボール一杯食べたい、というものではありませんが、箸休めになる。間引くだなんて、ちょっと残酷な気もしますが、大切に育てるための、これも必要悪の痛みということなのでしょうか。根のほうは、サラダに散らしたり、お味噌汁の実にしたり、と重宝します。

にんじんですから、彩りもきれいですし、何よりかたちがオモチャのようにかわいい。子どもがいたなら、そんな話をしながら、ごはんを食べられたのになあ、とこのときばかりは思ったものでした。

私にとっての心を養うためのごはん、というのはこんなたわいもないものです。ですからもちろん、ときどきはもっとおいしいもの、食べたーいとなる。行くところは、銀閣寺のそばの、お師匠さんのところ、ということになります。

紅葉探し

十一月も末になると、JRの京都駅を下りる人たちは、お盆の真ん中には目もくれず、ゆーらゆら、観光の波にのり、お盆の縁へと、打ち上げられていきます。私の思い過ごしかもしれませんが、桜の花どきより、観光客の年齢層は高いような気がします。

西の縁にたどり着けば、そこは錦繍《きんしゅう》の嵐山《あらしやま》。水鏡となり、嵐山を映す桂川《かつらがわ》。月も渡る、秋も渡る、低く架かるは渡月橋《とげつきょう》。化野念仏寺《あだしのねんぶつでら》、石仏にはらり、落ちゆくもみじの葉。北東には、大原《おおはら》の三千院《さんぜんいん》、実光院《じっこういん》、東には法然院《ほうねんいん》、永観堂《えいかんどう》、哲学の道、疏水を流れるもみじ葉の道――。でも、どこへいっても、この紅葉どきは、人で埋めつくされています。

天空から眺めたら、お盆の縁の緋色《ひいろ》の蜜を目指して、無数の蟻が行進しているように見えるかもしれません。去年、私は渡月橋が満員電車に見えて、興ざめしてしまいました。ちょうど勤労感謝の日でした、一日じゅう、仕事があり、嵐山の旅館の一室にいたのですが、桂川に浮かぶ舟も、遊覧船とあわや、衝突か、というような混み具合。

これじゃあ、よっぽど、洛中のほうが空いています。

いいえ、洛中じゃなくてもいいのです。

ただ、せっかくの紅葉です。せめて嵐山でも、もう少し、分け入っていくとか、ここまで来たら、もう一歩、奥に足を延ばすとか……、いえいえ、自分が一日じゅう、旅館の一室に缶詰になっていたものだから、よけいにそんなことを思ったのかもしれません。大きな窓からは、水鏡に錦繍が、まるで花時計のように、刻々と、うつろい、映っていくさまが、よーく見えたのでした。

桜というのは、いつ見ても、同じ顔をしているけれど、もみじというのは、こちらの都合で、きれいね、と見るときもあるし、怖い、と感じるときもある。まさに鏡のようなところがあるように、私は思います。もみじは月に似ているのかもしれませんね。

花と違い、日差しで、気温で、その色を大きく左右されてしまうでしょう。

去年は燃えるような緋色だったのに、今年は錆色《さびいろ》だ、というときがあります。

昔、友人たちと緋色を探して、高尾《たかお》までクルマで入ったことがありました。山もみじはまさにそのときが盛り。目に痛いほどの緋色でした。その一人が、何を思ったか、唐突に、

「麻生さん、もみじってのは、怖いね」

と、いいはじめました。

「女ってのは、こっちの気持ちが冷めてくると、豹変するからね」

「ん？　もみじが怖いんでしょ」

「女と似てるだろう」

というのです。

「怖い目にあったんですか」

そう訊きましたら、

「豹変したんだよね。昔、つきあってたガールフレンドとすったもんだしてるとき、こんなナイフを振りまわされたことがあるんだよね。彼女の部屋で。これが目が澄んでてさ、きれいな人だったんですよ」

と。

「そりゃ、きれいな人は、豹変しますよ。葉っぱだって、見てください、どうでもいいような葉っぱは、ただ枯れるだけでしょ。諦観してるんです、自分が豹変しても、みじめなだけだって。だけど、もみじとか銀杏《いちょう》は違います。フィギュアが美しいでしょ。自信があるんですよ。アタシが赤くなれば、男の人はもう一度、戻ってくるはずよ。これです」

「そういうもんかね」

「ほら、ユーミンの歌にもあったでしょ。『私を許さないで、憎んでも覚えてて』って」

「ああ、あったなあ。怖い歌詞だよなあ」

「そうですか。私も別れるたびに、そう思いますよ」

「麻生さんも怖いねえ」

「でも、最後のところで、引いてしまう。もみじにはなれない」

「かもめはかもめ、という歌があったね」

清滝川《きよたきがわ》に架かる橋を渡っているときでした。行く手を阻むかのように立ちふさがる楓《かえで》の木、あちらからこちらから迫りくる大枝、もみじの緋色。木漏れ日がどこまでも赤い。咳き込んでしまうような、息苦しさを感じました。それは私の心そのままだと思いました。

「なんで、日本人はこういうのを喜ぶんだろうねえ」

「欧米人は不思議がるそうですからね、なんで枯れ葉を喜ぶんだって」

「日本人っていうのは、自虐的だね。酔いより泣きなんだ。音楽でもそうだろ。向こうの音楽ってのは、酔いしれるように作られてる。オペラにしろ、シンフォニーにしろね。ところが邦楽ってのは、雅楽にしろ、さっきの憎んでて……にしろ、泣きなんだ」

「その人とはそれっきりですか」

「いや……」

「もみじが勝った、ということですか」

苦笑いをしながら、その人は立ち止まりました。

「みんな遅いな。ちょっと待ってやろうか」

六人ほどのグループでしたが、いつのまにか、私たちだけが先を行き過ぎていました。ほかの人たちは、ゆっくりもみじを、カメラに収めたりしているのでしょう。

真下から見上げると、もみじ葉が透けています。葉脈にはまるで生ぬるいものが流れているように見える。どくどく、という音がいまにも聞こえてきそうです。

このままで終わらせてはなるものか、そんな執念にも似たものを感じます。

「生涯に一度くらいは、私ももみじになってみたいなって思うんですよ」

鉈《なた》で削ぐような吹きかたをして、風がもみじ葉を落としていきます。

「一面の苔に、椿がぽとぽと落ちてるのも、斬首のイメージがあって、僕、好きなんだけど、これもいいよね。血が落ちてるような感じでさ」

「私も好きですよ」

石段に、落ちたもみじ葉は、散らし文様のように、ぴたりと張りついていく。

「このへん、雨が降ったんですね」

「濡れてるね。いいね、こういう泣きが入ると」

「でも、ここまでいくと清々しさを感じませんか。やることはやっての落葉ですから。こんな緋色ですからね。もみじも本懐《ほんかい》を遂げたってところでしょう」

「もみじからみれば、そうだろうね」

話も途切れ、手持ち無沙汰になった私は、石段のもみじ葉を拾いはじめました。

「それ、どうするの？」

ちょっと低い声音です。

「便箋や葉書に貼るんです。絵手紙の代わりです。何か？」

「いや。大昔、もみじを拾う女がいてね」

「また、豹変したんですか？」

「女はわからないね」

「きれいな人とばっかりつきあうから、そうなるんですよ」

「もみじってさ、寒暖差があるほど、赤くなるだろ。だから、怖いんだよ。またこの葉っぱがさ、赤ちゃんの手みたいだろ」

確かに大きさはそのくらいかもしれません。

「そのころ、別れようとしていた女の人と、箱根に行ったんだよ。最後に連れていってくれ、っていうもんだからさ。このときはちょっとシリアスでね。妊娠したっていうもんだから……。でも、朝、起きたら、彼女はもういなくて、枕にもみじが散らしてあったんだ」

一瞬、絶句しそうになりましたが、笑いながら、いいました。

「それ、女の人の嘘ですよ」

「ま、僕もそう思ってるんだけどね」

「風が出てきたから、ちょっと寒いですね」

「でも、このあたりまでくると、さすがに人が少なくていいなあ」

「これ、先週の連休あたりは、すごかったでしょうね」

「もみじってのは、もみじ見とはあんまりいわないだろ。もみじ狩りっていうんだよ。つまり狩りってのは、獲物を探すところからはじまるわけだよ。もみじもそうでさ、花見はそこに花があるから、押しかけていく、でいいんだけど、もみじ狩りっていうのは、山に分け入り、自分の、これっていうもみじを探す、そういう行為だと思うんだよな」

「そうですね」

そこでみんながやっと追いついた。

「遅かったな、どっかで道草でもしてたのか」

「いや、この人がトイレに行きたいっていうもんだからさ」

「すみません。ここまでくると、やっぱり寒いですね」

口々に、そんなことを言い合っています。空が茜色になりはじめました。

「西明寺《さいみようじ》、もう閉まってるんじゃないか」

「いや五時までって書いてあるから、大丈夫だよ」

今度はいちばん後ろから、その人と私は石段を上っていきました。

「あの、もみじ、楓って、カエルの手に似てるから、カエデっていうんです」

「ん?」

「赤ちゃんの手じゃありません。カエルです」

天皇の御陵には落葉樹が一本も植えられていないんだそうです。すべてが常緑樹。

これには、なるほどな、と思いました。神聖なお墓を守るための木々が、丸腰になってはまずい。落ちる、うつろうなんて、縁起もよくありません。

それといっしょにするのは不敬の極みですが、うちもはじめから、落葉樹が一本も、植えられていませんでした。隠居所として建てられた町家だからかなあ、と思ってみたりします。冬でも青々とした木に囲まれているほうが、老いたものにとっては、安心できるように思うのです。冷え込むまえに、暖色ばかりの錦繡を眺めるのは、遠景であれば、また心華やぐでしょう。けれど、目と鼻の先、自室の庭で、朝な夕な、紅葉し、落ちていくさまを見届けるのは、いかようにしても、毒がありすぎる。

晩年、入院していた祖母を見舞ったとき、ナースセンターの脇まで手を引き、よく日が当たる窓から、近くの山を眺めたことがありました。

「もうすぐ、紅葉の季節だね」

と、何気なく祖母にいったら、祖母はそのまえには家に帰りたいと、呟きました。

「花のほうがいいようにある――」

その祖母は九十四歳まで生きましたが、

「静かに死ぬる、ということが、こんなにむずかしいことだとは思わなかった」

と、母に嘆いたといいます。九十三歳にもなって、生まれてはじめての入院、おまけに大腸のバイパス手術を受けることになり、ずいぶん不安がっていました。検査のとき、一日だけ、立ち合ったのですが、レントゲン台に上がるときも、私の手を握ったままで、

「お孫さん、撮影のときは、外に出てください」

と、いわれても、なかなかその手を緩めようとしなかった。

「おばあちゃん、これ、写真撮るだけだから」

そんな話を母にしたのは、二年前のもみじのころでした。

大原から、さらに北に分け入った古知谷《こちだに》にある阿弥陀寺《あみだじ》でした。山門は若狭《わかさ》街道に面しているのですが、境内はそこから勾配のある山道をさらに入ったところにあります。仕事でなければ、ここまで入ったかどうか、ですからさすがに人影もまばらでした。

二年前というのは、ちょうどここに越してきたころです。漆かぶれがようやく治まり、長かった修復工事も終わりつつありましたが、連日の慣れない職人ごっこです、疲労困憊、というのが、正直なところで、見かねた母がまた、東京から手伝いにきていました。この日はテレビの撮影、付き人代わりに、母に同行してもらっていたので

す。

阿弥陀寺はもみじの名所として、知る人ぞ知る寺であるといいます。なかでも、樹齢八百年という天然記念物の指定を受けた大楓が、この日の主役でした。楓という木の名前を、それは超越したところに存在していました。まず目に入ったのは、人間くらいなら軽く吸い込んでしまいそうな、その太い幹。苔がつき、何やら蔦《つた》のようなものも絡まり、ひび割れもし、けれど、それでもたゆとうことなく、そこに存在している。見上げましたが、もみじ葉ははるか彼方。石段を上がり、本堂の前の庭に立って、ようやく、枝ぶりを拝むことができました。枝は幾層にもなっていますから、

「下のほうの日が当たらんところは、毎年、赤くならないまんま、落ちていきます」

と、お寺の人の話でした。

自分の出番が終わり、カメラがその大楓や、本堂の裏の岩窟を収めているあいだ、私たちは本堂のとなりの部屋で待っていました。

岩窟は、約四百年まえ、この寺を開いた弾誓《たんぜい》上人が即身仏《そくしんぶつ》になられたところだときました。その日は小春日和だったのですが、冬は雪が積もるというだけあって、日

が落ちると、冷え込んできて、ひとりでに心が更新されてしまうような、そんな気配がそこにはあったように思います。

そのせいか、その日のもみじには、癒されるような気持ちでした。

「断食して、亡くなるから、腐らないで、木乃伊《ミイラ》になるんだって。もみじの葉っぱと同じだね。ほら、おかあさんに出した手紙があったでしょ、もみじをいっぱい張りつけた……、あれ、押し葉とかにしてないのに、色も褪《あ》せないできれいでしょ」

「そうね」

この日の母はずいぶん口数が少なく、心配になるほどでした。

晩秋、山寺、樹齢八百年のもみじ、即身仏、ずいぶん重たいものが揃いました。

「あの大楓、木の癌なんだって。だからいまのご住職は、真っ赤になったのは見たことがない、っておっしゃってた。八百年だなんて、このお寺ができる、はるか昔から、ここで生きてるんだね。そのくらい生きてたら、木だって仏さまだよね。癌なんかじゃなくて、もしかすると、自らの意思で、弱っていってるのかもしれないね」

「圭子のおかげで、思いがけず、素晴らしいところに来ることができました。お礼をいいます」

更まって、そんなことを母はいいました。

「江戸のころは、きっと、下から上がってきたら、お寺が火事かと見紛うくらい、かーっと緋色に、燃えてたんでしょうね」

私まで、つられて、ですますことばです。またしばらく沈黙が流れました。

「あの楓、八百年のあいだに、どれだけの葉を落としてきたのかしらね」

また、母が、唐突なことをいいます。過去からすべて集めてきたら、境内など、すっぽり埋もれてしまうはずです。

「自然っていうのは、偉大だね」

今度は娘でした。

緋色、黄色のもみじ葉が、夜の帳《とばり》にそーっと仕舞われていきます。

「おばあちゃん、手術がそうとう、堪えたようだった」

「でも、手術しなければ、もっと苦しいことになったでしょうしね」

頷きながら、静寂に包まれていきました。

大楓は少しずつ仏さまに近づいていますが、その葉は来年の春、また更新されます。

人生もそうかな、と思いました。あの恋がうまくいかなくても、次がありました。あの夢がうまくいかなくても、次がありました、時間は戻せないけれど、一年をもう一度、やり直すことはできる——、なんて。こういう人生観、私はどこか恥ずかしいと思うところがあり、頭に浮かんでも、えへへ、と笑って逃げたりするのが、常なのですが、このときばかりは、浮かんだことに、じっと対峙していました。

来年また更新されるための、落葉です。

祖母から母に、母から私にと、更新されていく、もみじ葉もあります。

母がついてきてくれて、よかった、そう心から思っていました。

脳のなかに、母と娘、ぴたりと同じ記憶が入りました。私は養女なので（母の姉の子なのです）、こういう同じ記憶が、遺伝子の相違を補っているところがあります。

また、似てきたな、そんな確かな手応えを感じる、一九九九年の晩秋でした。

あとがきに代えて

季節の傍らで、小さな暮らしをはじめて、五年になります。慣れるものですね、ヤモリに驚くこともなくなりました。障子の張り替えもさっとすませられるようになりました。マンションでは味わえなかった季節の雫を、それなりに甘受しています。不便さより、愉しさのほうが、まず先に立つのは、性に合っていた、ということなのでしょうか。それとやはり、私はお手本に恵まれました。

たとえばこれは、小児科の先生です。遊びに伺ったおり、書斎からは、比叡のお山が見えたのでしたが、先生、こうおっしゃったのです。

「あの山ね、風の強い日、真っ白に見えることがあるんです、木々の葉が風で裏返って白くなるんでしょうね。面白いもんです」

ああ、何とやさしく愉しいまなざしだろう、としばらくその言葉が、耳から離れない日々が続きました。いかにも小児科の先生らしい。比叡のお山の顔色が白くなっていれば、どうしたんだろう、というところまで辿り着く。健康か、そうでないのか、気にかけておられるんでしょうね。京都を愛しておられるんでしょうね。この先生のお宅は、わりあいわが家から近いんです。うちの北側の二階からも、身を乗り出せば、比叡のお山は見えます。そういえば、夏、白く見えるときがありました。けれどそこから、心を配ることはなかった。もったいないですよ。せっかくそんな愉しいものを見せてもらっているのにね。あーあ、私の京都拝見はまだまだ、表面をなぞっているに過ぎないんだなあ、と思ったことでした。

こんなことを教えてくれる人もありました。夕暮れでした、座敷のずいぶん深いところに、どこから差し込んだのか、夕陽の花がぽーっと咲いておりました。きれいだなあ、と眺めていたら、

「昔の人は、畳の目一つずつ、秋が深まっていく、というようなことを言ったようで

す。これ、どういうことなんでしょうなあ。毎日、畳の目一つずつ、夕陽の裾が伸びていく、ということでしょうか」

と、問わず語りのような静かな声でした。畳の目一つずつ、秋が深まっていく、この言葉もしばらく耳から離れませんでした。

昔の日本人というのは、一日一日を丁寧に見つめていたんですね。今よりもっと忙しい暮らしだったはずなのに。私など、和の暮らしをしているだの、畳の生活をしているだの、誇らしげに言いながら、それまで畳を見るときは、一畳、二畳の単位まで、畳の目なんか数えたことはありませんでした。訊けば、一畳は六十四目と決まっているんだそうです。茶の湯では、膝頭が縁から十六目にくるように座る。二目でおよそ一寸、ということらしい。畳の目は、目盛り代わりなんですね。季節を計り、居住まいをはかり、もしかすると心の具合も計れるのかもしれない。ああ、せっかく京都の町家に住まわせてもらっているのに、私ときたら、いい歳をして、何も知らないんですね。ま、でもだからこそ、愉しめているのかもしれません。知らないことを知るというのは、スリリングなことですからね。

最初の一年、二年は日々の暮らしの中に、知らないことは、それこそたくさんありました。ところが慣れてくると、そこそこ暮らしていけるものですから、知らないことが隠れてしまう、見えなくなってしまうんですね。

この二月のことでした、一般公開されていない、ある寺院を拝観しに行ったのです。茶室では、こんな私でも一応、まなざしは丁寧になります。お茶はわかりませんが、草庵としての、あの佇まいに惹かれるんです。茶室を拝見しながら、私は何を考えているかというと、ああ、こんな小さな書斎がほしい……。けれど、まさかそんな不遜なことを考えているとは、傍目にはわかりませんからね。他の部屋の襖絵の見学は、あっさりとしたものだったのに、茶室になったなら茶道口の結界の前に、きちんと正座したものだから、案内をしてくれていたお寺の人も、ほうと思ったのでしょうか。お坊さんではなく、女の人です。それまではいかにも抑揚のない声で、重要文化財の説明をしてくれていたのですが、ここでは、

「いいでしょう」

と、やわらかな声が加わった。

「ゆっくり見ていってください。西洋のステンドグラスもきれいですけどね、それでもこの障子にはかなわないように思いますね」

「ええ、そうですね」

「紙なのに、透けて見えるんですね。いえ、透けるといっても、ガラスのように透明じゃありませんからね、あけすけに見えるわけじゃない、そこですよね。あなたはコーヒーはお飲みになりますか。淹れたりもする？　そう。あの濾過するフィルターがあるでしょ、障子はあれと同じですわね。俗物的なことは、遮って、季節のきれいなところだけ、通してくれるんですね。そうですね、茶室というのは本当によくできていると思いますね。五月、六月くらいの、若葉が萌えるような季節、また是非、いらしてください。その障子がね、緑に染まります。心が洗われるような、そんな清々しい気持ちになれます。空気もおいしい。そうですよ、コーヒーも香りは通しますでしょ。あれと同じですよ」

ひたすら無言で頷く私でした。

「ゆっくり、どうぞ、見ていってください。あとで一服、差し上げますから」

その人が立ったあとも、なかなか離れがたく、茶室の前に座り続けていました。

言わずもがな、町家暮らしの愉しみがまたひとつ奥深いものとなりました。

こんなことばかり書くものだから、日がな一日きものを着て、優雅に暮らしているという誤解を与えてしまう。自分で種をまいておきながら、恐縮することもしばしばです。嘘は書いていませんが、濾過フィルターは念入りに通していると、どうぞ思ってください。

ただ、このところ流行っていたスローライフという言葉ですが、それが「ゆっくり生活する」という意味ならば、私の暮らしとは、少々、違うようにも思います。本音をいえば、忙しい。雑巾を手に、バタバタしながらの生活です。お湯を沸かすにしても、いちいち土間に下りて、やかんを火にかけなければならない。その間、ちょっと上で仕事を、なんてやってるうちに、すっかり忘れて、空だきしてしまったことも、一度や二度じゃありません。その度、修理に持っていくものだから、麻生さん、今度はもう直せないかもしれませんよ、とお店から釘をさされる始末。

あるいは、きものを着て、出かけるときなど、夫いわく、目が血走っていることもあるらしい。でも微笑を浮かべて、ゆっくり着付けるのが、優雅かというと、それは違うと思うんですね。私がお手本にしている先生は、きものを着るのに十分とかからない。付け帯とか、便利ものを使っているわけではなく、腰紐だけの着付けで、早いときには五分といいますから、これは職人芸のような早業です。

思うんですね。ゆったりとした暮らしというのは、お稽古や修業を積んで、熟練した者にだけ与えられる、ごほうびなのではないか。とすれば、私などとんでもない、ゆっくり暮らせるわけがない。けれどほんの一時でも、日々、京都の人たちから教えてもらったことに、心を留め、この暮らしを深めていけるなら、それで充分だとも思うのです。

いいえ、不惑もとうに過ぎ、東京ならそろそろ現役引退の年齢かもしれませんが、京都では、よくこう言われるんですよ。

「麻生さんはまだお若いんだから」

ごほうびは老後の愉しみです。

麻生圭子

解説

市田ひろみ

「町家はやめた方がええよ。打水の出来るような大きな庭のある家やったら別やけど。夏の暑い空気は窓あけても動かへんし、冬は寒いし、明け方なんかおふとんから出られへんよ。たまにあそびに行くのはええけど、住むのは大変や」

聞いているのかいないのか、圭子さんの心は京町家へ一直線。私の忠告なんか馬耳東風だったのだ。

我が家は戦後、四条新町に住んでいた。その頃多くの家がそうだったように、格子戸の家で、表の間につづいて茶の間、その奥に十畳ほどの座敷。この座敷に面して小さな庭があった。手水（便所の手洗い）の横に沈丁花《じんちょうげ》が春先白い花をつけていた。

玄関から奥にかけてはしり（走り庭）があり、おくどさん（かまど）があり、天窓から明かりが入っていた。

みなで夕ごはんを食べていると、天井裏をザーと音がぬける。

「巳《みい》さんや!!」

蛇が天井裏を這っているのだ。蛇はその家を守るとされ、もし見つけても、いじめたらあかんといつも母から言われていた。

今は鼠もいなくなって守り神も町から消えた。

我が家は京町家でも中位の家だったが、ちゃんと庭の横に夏・冬の戸障子を入れる戸袋があった。

今のように冷暖房の無い時代、どんな風に暮らしていたのか。

京都の四季はひとしくめぐって来ない。暑い夏と寒い冬が長く、春と秋が短い。三方が山にかこまれた盆地なので暑さも寒さも町をおおって動かない。

でも京都の人はそれを宿命のように受けとめて、

「暑おすなあー」

「寒おすなあー」

　とさわぎたてず、やりすごすのだ。

　或る日、首や手を真っ赤にはらして、圭子さんがやって来た。

「どうしたの？」

「漆《うるし》にまけたんです」

「漆さわったの？」

「ううん。今、家の床板に、漆、塗ってるんです」

「そんなん専門家にまかしたらええのに」

「それが教えてもろた通りにしたら、上手に出来たんですよ」

　この頃になると、漆にまけようが骨折しようが、やっと見つけた町家に圭子さんは、深い思い入れで夢を実らせて行ったように思う。

　もともとセンスの良い人だし、古いものを見つけて来ては、家の中のおさまるところに置いてたのしんでいる。

　これも期せずして、京の始末にかなっている。

「始末」するというのは片付けるということではなくて、実は無駄使いをしないということだ。

「京の始末」これはケチとは違う。払わねばならないお金も払いたくないというのがケチ。昔から大阪のケチ、京の始末と対照的に言われるが、大阪の人がケチケチしてお金を貯めるとしたら、京の人は始末しながらお金を貯めるのだ。

母から「始末せなあかんえ」と言われて育った私は、とにかく物を捨てない。

我が家のお鍋はいずれも十年、二十年たつ物ばかりで多少でこぼこや、こげ目などあるものの、なおかくしゃくとして働いてくれている。実は我が家にも、もらいものの今風のお鍋がいくつかある。ガラスの蓋つきとか、取っ手がヨーロッパ風とか。いずれもお洒落だけど重い。

我が家の愛用の鍋はアルミだから軽い。

「先生、そんなお鍋、きよう日売ってませんわねえ」

「売ってるえ。川端丸太町東入ったとこの荒物屋さんにはどんな鍋でもあるえ」

お鍋も穴があいたら捨てたらええ。

「捨てるのは最後」とよく言われたものだ。新しいもので便利なものもあるけど、古いものでも捨てられないものもある。

麻生家にはこの捨てられない、すぐれものが部屋のあちこちにうまく調和している。火鉢、お父様の形見の鉄瓶、古い舟板、籠や茶碗など……。

きっとこの人の前世は、中京の富有な商人のおかみさんだったのかもしれない。圭子さんが京都へ来た時から、きものを自分で着られるようになりたいと言っていた。私のお弟子さんの特訓で今では器用にうまく着られるようになった。

きものや帯の好みがとても良い。私は四十年きものの仕事をして来て、きものと帯の組みあわせでは京風と江戸風があると思っている。

京風は、きものが帯になじみ、帯がきものになじむのを好むが、江戸風は帯に強いものを持って来るのを好む風がある。

お商売で言うなら、おかみさんは客より派手なものを着ないのが鉄則。一歩ひかえるのだ。テレビなどで京都の料亭のおかみさん役の女優さんが訪問着で現れることがあるが、あれは間違いだ。

お茶席でも亭主の着こなしはお客より一歩ひかえるのだ。

今でも京都は、古い蔵から江戸時代の小袖が出てくるが、公家・武家のものではなく、商家の女性の着たもので逸品が出る。

麻地に藍濃淡で茶屋辻模様。よくよく見れば、なんとそれは総刺繍なのだ。きっと中京の商家のおかみさんが祇園祭に着たものだろう。

祭の一ケ月といえば、取引先の出入りも多く、おかみさんは自慢のきもので立ち働く。

よくよく見れば、すごいきもの。

「おかみさん、さすがですねえ――」

おかみさんは、

「大したもんやおへん」

と言いながらきっと胸のうちは「どんなもんじゃい」の心根だろう。これは同時に夫の甲斐性のあかしなのだ。うちの旦那はんはこんなもん着せてくれはりますのや。

江戸好みの奇をてらった派手なものでなく、まさに手のこんだ逸品なのだ。

元禄の頃、東山の重阿弥寮であった衣裳くらべでも、はなやかで華麗な衣裳の出揃ったあと、中村内蔵助《くらのすけ》のお内儀が白小袖に黒の打掛を羽織り、まわりに色とりどりの小袖を着た人をはべらせて登場した。

白と黒のきわだった美しさは見せ方のうまさで中村内蔵助のお内儀に軍配があがっ

たという。

昔から京の人は見せ方がうまい。

圭子さんの最近の着こなしには脅威を感じるくらいだ。無地、縞などが好みらしく、決して派手なものを着ない。でもその色の好みの良さは、本来この人のもつ天性のセンスなのだろうと思う。

衣・食・住に京風をたのしむ圭子さんだが、旦那様も横浜育ちなのに圭子さんと京風をたのしんでいるというむつまじさ。

極楽のあまり風は、当分、東からも西からも吹きそうな気配だ。

（服飾評論家）

文春文庫

京都《きようと》暮《ぐ》らしの四季《しき》

極楽《ごくらく》のあまり風《かぜ》

定価はカバーに
表示してあります

2004年5月10日　第1刷

著　者　麻《あ》生《そう》圭《けい》子《こ》

発行者　庄野音比古

発行所　株式会社　文藝春秋

東京都千代田区紀尾井町 3-23　〒102-8008
TEL　03・3265・1211
文藝春秋ホームページ　http://www.bunshun.co.jp
文春ウェブ文庫　http://www.bunshunplaza.com
落丁、乱丁本は、お手数ですが小社営業部宛お送り下さい。送料小社負担でお取替致します。

印刷・大日本印刷　製本・加藤製本

Printed in Japan
ISBN4-16-718605-5